3センチヒールの靴

谷村志穂

集英社文庫

3センチヒールの靴　もくじ

3センチヒールの靴

冷たい水と、砂の記憶

化粧水のボトルやタルカム・パウダーのたくさん収まった引き出しを一年ぶりに整理すると、奥深いところから、髪の毛の切れ端やヘアピンやクリップ、砂粒や、虫の死骸までが見つかった。

一年、いやこの白いチェストは引っ越し前もそのままだったから、どさくさに紛れてもう幾年も掃除らしいことはしていない。

いやだ、という声が思わず漏れる。

半透明のゴミ袋を用意すると、容器の中味だけは洗面台のシンクに流し、外側は次々放り込んでいった。

使い切らぬうちに香りに飽きてしまった香料のきつい化粧水や、成分が飽き足らなくなった栄養クリーム、すでに缶の中で変色しているハンドクリーム、黄色く固まってしまったパウダーなど、底へいくほど古いものが出てくる。

こんなものを後生大事に持っていたなんて、とカスミは自分の無精に苦笑いをする。

がらんどうになった引き出しの中に最後にのこった一本のチューブを手に取った。

心臓が、急に激しく打った。

体の奥底にしまってあった、不思議なときめき、夏の陽射《ひざ》し、海辺の喧噪《けんそう》が、一気にこの部屋にあふれかえってくるようだった。

蓋を開けると、独特のスパイシーなムスクのような香りがたつ。

そう、この匂いだったとカスミは思う。フランス製の日焼け止めクリームで、島のいたるところから香ってくるのにいたたまれずに、自分も探して買ったクリームだ。

帰国してからも、よく鼻先で香りだけ嗅いでいた、ずっとカスミの周囲に漂っていた匂い——。

あの夏から、ようやく二年が経《た》った。

たったのひと言が、すべてを変えた。そのひと言への悔いがようやく心の中から形を消すのにかかった年月は、長いようで短かったとカスミは思う。

悔いは、氷が解けるように、消えていった。

だがしばらくは、カスミはその氷の欠片《かけら》に心を突き刺されたまま、塞《ふさ》いでいた。

やり直すことができるのなら、時計を巻き戻してしまいたい、そんな風に思った時期もある。だが、口にしなかったところで、結果は同じだったかもしれない。

なぜ、そんなことを口にしてしまったのかは、わからないのだった。

カスミには、二年前、そう、その言葉を口にするまでは、健全な夫があった。

青山にある商社で、薄紅色の制服を着て受付をしていたカスミと、国際局に勤務する靖彦が出会って結婚した。平凡な出会いだった。

カスミはやがて家庭に入り、靖彦との間に一日も早く子供を授かることを願った。料理や庭いじりをして終わる一日が、特別退屈だったわけでもない。ときには学生時代の友人たちにも会ったし、国立にある実家の母を訪ねて、夕暮れまでお茶を飲んで過ごす日も増えた。刺激的とは言えないけれど、温《ぬく》もりのある暮らしだった。

ただ一点、カスミは靖彦との性の単調さを空恐ろしく思うことはあった。夫は毎日のように自分を抱こうとしたが、互いに風呂を浴び、寝巻きに着替え、さあ眠ろうというときになって、まるでぬいぐるみでも抱き寄せるように夫はカスミに腕を伸ばしたのである。

二十五歳で結婚したとはいえ、靖彦しか知らないわけではない。さほど性の高まりを知っているとは言えないだろうが、毎夜ただそんな風に過ぎていくのでは、そのうち自分たちはあっと言う間に老いていくのではないかという気がした。

そんな時期のことだった。

受付仲間だった響子が、ニューカレドニアのリゾートアイランドで二週間もにわたって滞在する旅行チケットに当選したのだった。

化粧品会社が募集した懸賞旅行で、響子が言うには、半ば出来レースだったという。

「代理店の男友達がね、ちょっと裏の手を使ってくれたみたいなんだけど、向こうで水着の撮影なんかもあるから、カスミのこと誘いたいの」

二週間というのは、いくら子供がいない夫婦の間のこととはいえ、長いような気がした。だが、靖彦は響子なら気心が知れているということもあり、快く送りだしてくれた。その間、三日に一度は国立の母が家の面倒も見てくれることになった。

今更水着だなんてとは思ったが、カスミは十人並みの容姿だし、大した取り柄はないのだが、スタイルだけは人目を引きやすいのを十代の頃から自分でも知っていた。

中学を卒業する頃にはすでにスポーツブラではあふれるほどに胸があったし、そのわりにウエストや二の腕までにはぜい肉がつかなかった。受付嬢の制服も、胸に白いリボンをつけると、大きな胸の上で花が咲いているようだとよく響子たちにからかわれたものだ。

ニューカレドニアでも、二人には男たちが集まってきた。

ちょうど客の少ない時期で、日本からマスコミも同行したこともあり、響子とカスミはちょっとしたスター扱いだった。といっても、三十を間近に控えたアイドルもないわけだが。

響子は元々奔放な女である。今もまだ独身で、現役の受付嬢として働いており、誰に憚《はばか》るでもなく、リゾート地の男たちとアバンチュールを楽しんでいた。

同じ部屋をシェアしていたはずが、夜になっても帰らない日もあれば、昼間にちょっとビーチで時間を過ごしていて欲しいと外出を頼まれることもあった。

エミリオ・プッチの小さなビキニをつけた響子の体は、いかにもおいしい果実のように、男たちを誘ってその島で香っていたのだろう。

だからといって、カスミが退屈していたわけでも途方に暮れていたのでもない。水上スキーというまったく新しい遊びに出会ったカスミは、持参した水着の中からもっとも地味な、紺色で胸のところにシルバーのアクセサリーのついたタンキニを着て、朝に夕にと水上スキーを楽しんでいた。

だからこそ、出会ってしまったとも言えた。

相手は、現地の水上スキーのインストラクターだった。

はじめは熱心にくどかれた。毎日、ランチにディナーにと誘われ、夕暮れのバーでは酒をおごってもらった。金色の巻き毛の、胸板の厚い男で、〈無口なアル〉というあだ名で、ダンスがうまいということが、リゾート地にいる間にわかってきた。「ねえカスミいいじゃないの、一度くらい。彼、すっごくおいしそうよ」と、響子はランチのテーブルなどで、遠くにアルを見つけると耳元に囁《ささや》いた。

「やめてよ。私は人妻なのよ」

カスミはアルが返してきた視線に気付き、わざと左手の薬指をあげる。「それに、南の島の男なんてみんな適当なのよ。響子、おかしな病気もらってきたりしないでね」

「はいはい」

そんな会話を、自分たちは毎日少しずつ日焼けの熱を体にためていきながら、夕暮れどきのシェリーをなめるように話していたはずだったのだ。

酔っていたのだろうか。

帰国が迫った安心感だったろうか。それとも、やはり自分にも下心が芽生えていたのだろうか。じりじりするような灼熱《しゃくねつ》の海辺に肌を焦がされているうちに、体の奥底に、えも言われぬ十代の子供のような疼《うず》きが立ちのぼっていたのは確かだった。友達と訪れた、海辺の夏休みのようなものだった。島の男の子たちの日に焼けた体が、都会の男の子に較《くら》べてなんと逞《たくま》しいのかと、ただ見ていた。そんな程度のときめきであったはずだった。

「ねえ、そんなに言うなら、あなたがアルを誘ってごらん。絶対についてくる。賭けようよ。もし、それで落ちなかったら、いいわ、私が今日は彼と飲むわ」

ディナーの後のバーで、アルの視線を感じながらまた響子がカスミをからかったので、ついそう言葉を返していた。

「OK、楽しくなってきちゃった。でも私、アルが受けたら今日彼と消えるわよ。それでいいのよね?」

「もちろん」

だが一時間もしないうちに、自分の元に帰ってきたのは、響子ではなくアルだった。

「Don't play with me」

そう言うと、カスミの腕に手をかけた。

からかうな、というその英語が、アルが使うとそのまま、僕で遊ばないでと懇願しているように聞こえた。妙に湿り気のある官能を伴って、カスミには響いた。

「何もしない。ただ一緒に海辺へ行きたい。ここはうるさいから」

夜の砂浜に座って、深い夜の波の音を聞き、月明かりにじっと見つめられるうちに、先に唇にキスしたのは自分の方からだった。乾いたような、柔らかな少し上向きの唇は、ただ触れただけで靖彦との性とは対極に感じられた。

激しく動揺していた。呼吸が乱れて、アルを睨《にら》みつけた。

「だめ、これ以上はそばに寄らないで」

カスミは首を横に振った。

アルは黙って頷《うなず》いた。

今、もしもこの男を知ってしまったならば、自分はすべてを壊してしまうような気がした。

だが、触れなくても身悶《みもだ》えに苦しむだろうと思うと目尻に涙が滲《にじ》んだ。

「泣かないで」と、太い親指で顔を拭われた。

靖彦の性器よりも、その指が官能的だった。

褐色の指の先に透明の爪がある。少し砂が混じった、なんと清潔な存在なのだろう。

カスミは、その手に自分の手を重ね、ただ一瞬の熱に酔った。

それですべてだった、はずだった。

夫を送り出すと、掃除や洗濯をし、買い物へ行き、夕食の準備をする。帰国したカスミには、またいつもの毎日が始まっていた。夫の大きなトランクスや自分のコットンのショーツには、もはや色気の欠片もなく、カスミは夜になるのが怖かった。どんなに演じようとしても、反応はしていない自分の中の正直な部分が、妻としての役目をまっとうしていないことは知っていた。

「なぜ?」

ある晩、夫は苦笑しながら聞いた。「旅行から帰ってからずっとだよ。カスミまさか、向こうで変なことしてこなかったろうね?」

その時点で、夫はまだ笑っていた。

「ただ、疲れているの」

そう、カスミは言うつもりだった。頭の中ではずっと。

だが、夫がいつも着ている青いパジャマや自分がつい今し方まで着ていた色違いの白いパジャマが、ベッドの上に何か畳んだように置いてあり、部屋の厚いカーテンがしまっていて、空も見えず、波の音もなく、ムスクの香りさえもなく、そんな中で求められている自分の肉体から遠ざかる疼きが、つくづく空《むな》しくなったのだった。

「違うの」と、カスミは答えた。「何か違うの。ずっと思ってた。私、あなたとのこの時間が好きじゃない」

夫の顔が凍った。

引きつったように目が見開き、彼はベッドを離れた。

「ずっと。そう言った？」

もう取りかえしがつかなかった。

「カスミ、訂正するなら今だよ。もうこの瞬間しかない。早く、訂正してくれよ。ほら」

夫がカスミの肩に手をかけ、唇を奪ったが、やはりそこにときめきはなかった。

「嘘《うそ》は、言ってない」

夫から離婚が言い渡されるまで、時間はかかっていない。

その晩のことを告げると、響子からも、母からも同じことを言われた。「それは、絶対に言ってはいけないひと言だったわね」と。響子はこうも続けた。「たぶん靖彦さんには、あなたがニューカレドニアで男と寝てしまった、ごめんなさいと謝った方が、まだ痛手が少なかったかもしれない。彼、このまま不能になってしまうかもしれないよ」

なぜそんなことを口にしたのか？

カスミは自分でも今もよくわからない。

つい、口にしてしまったのか、自分の中ではすでにその言葉が、引き出しの一番上に用意されて畳んであったシャツのようだったのかもわからない。

ただ、言ったことへの後悔は深かった。

離婚をして生活をしていけるような当てなどまるでなかったし、母や響子にも呆《あき》れられた。だからといって、ニューカレドニアでアルとどうかなろうなどとは夢にも思わないし、やはり何より、三年も一緒に暮らした靖彦を傷つけたのが辛《つら》かった。

報いることができるのなら何としてでも報いたかったが、今更靖彦を男として立てるのは、不可能だった。

カスミはただ手紙だけは書いた。

〈私は、たぶんあなたが思っている以上に、そして自分でも思っていた以上にばかだったんだと思います。

だから、知性のない私には、ただ平凡な日常が楽しめず、あなたから愛されていた喜びに満たされることができなくなっていました。

私は、日々の刺激に飢えていました。

私はこの先、自分の愚かさに苦しめられるべきですが、あなたの愛を待っている本

当の女性はきっとたくさんいると思います。　カスミ〉

玄関で呼び鈴が鳴る。

宅配便かと受け取りに出ると、ただのミネラルウォーターの配達だった。

一旦は実家に居候をしたが、なんとかフランス車のショールームでまた受付の仕事ができるようになり、都内の十畳のワンルームでひとり暮らしを始めた。そのときに、まっ先に置いたのが、このミネラルウォーターの給水装置だった。

大きなタンクを上に取りつけ、青いレバーを引くと冷水が出て、赤いレバーを引くと熱湯が出る。いつでも冷たくて美味《おい》しい水が飲める。夜になると、ひとり分でもティーバッグで紅茶が飲める。

それをただ一つの贅沢《ぜいたく》のように取りつけてみると、毎日ペットボトルで水を買ってくるよりも経済的で、今は狭い部屋の中のオアシスのように気に入っている。

配達員に待ってもらって、前のタンクに残っていたわずかの水をガラスの水差しに移し、空のタンクを返した。

ちょうどタンクトップにスウェットで引き出しの掃除をしていたので、上着を羽織っていなかった。配達員が、カスミの胸元を覗《のぞ》き込んだことを知り、慌ててソファの上に放ってあったカーディガンを羽織った。

夫や同居人がいないと、こんなとき不安になるのだった。

配達員がドアを閉めて出ていったので、安堵《あんど》して水を飲んだ。

そう言えば一度、やはり宅配便かと思いドアを開けると、航空便で大きな箱が届いたことがあった。

信じられないことに、差出人には「AL」と書いてあった。

箱の中には花が入っていた。

なぜこんな時期に花なのか。自分の新居を知っているのか？　信じられないような思いでメッセージカードを読むと、こう書いてあった。

〈カスミ　僕は結婚します。
僕一人が幸せにならないように、僕がこれまでの人生で、好きになった女の人たちみんなに、花を送ることにしました。Sincerely　AL〉

その花は、ご丁寧に結婚していたときの前の家に一度送られ、転送されていたことがわかった。

たぶん、靖彦は勘ぐったであろうが、後の祭りだ。

カスミはもう一度、水を飲んだ。溺れるのではないかと思うほど、噎《む》せながら飲んだ。

いや、溺れたいのかもしれない。こんなに澄んだ美味しい水の中になら、溺れてしまっても構わない。ふとそんな、阿呆臭《あほくさ》い考えを持ち、口を拭った。

引き出しにあと一つ残っていた、ムスクの香りの日焼け止めクリームの蓋を開けてみる。砂がついていた。指で拭い、もう一度香りを嗅いだ。夜の浜辺で迫ってきた、暗い海と波の響きが蘇《よみがえ》ってくるようだった。

クリームのチューブをゴミ袋に放り投げると、カスミは、ふたたびカーディガンを脱ぎ、柔らかな胸をあふれるように揺らし、次の引き出しの掃除にかかった。

夏の終わり

ジムのプールで泳ぎ始めてひと月ほどが経《た》ってから、自分でも驚くほどに体が締まってきた。ウエストの辺りにまとわりついていたぜい肉が落ち、胸の下から臍《へそ》に向かっての線には、うっすらだが、筋が浮いてきた。

窓辺の植木鉢に植わったサボテンを見ながら、人間の体も植物と同じようなのだと美奈代は感じていた。丁寧に手入れをしてやれば形すら変っていく。わずかひと月ほどの間にこんなにもましな姿になるのなら、もっと早くに始めていたらよかった。

こうなってみると、当初の目的であったはずの、自分の体をもう一度、龍夫に見て欲しいのだというような子供じみた衝動は、溶けて消えていた。

まるでバターが溶けるように、後には何かぬるっという光沢のある肌触りだけが残った。それが唯一、龍夫を好きだった気持ちへの名残りだった。今はもうそれほどの執着もない。

失恋にも慣れているし、龍夫ひとりが世の中の男だと思っているわけではない。どんなバターもやがては溶けて形を失っていくのだ。今度からは、誰かと知り合った時点で、失恋の痛手への予防線をはろうと思う。美奈代のような女は、どんなバターもやがては溶けるのだというイメージを、はじめから持つべきなのである。臆病なのに、すぐに恋に落ちてしまう自分の性癖が、美奈代は常日頃恨めしかった。下手な恋愛をたどたどしく始めるのだから、失恋もする。わかってはいるが、美奈代には今、恋愛のゲームを楽しむ心の余裕はない。やはり、生きていくのに精一杯なのだと思う。三十歳を間近に控えてからは、会社に居残ることさえサバイバルに思えている。

龍夫と会わないと決めてからは、自宅の近くのジムに一万円の入会金を支払って手続きを取った。一回千円というチケットも買って、水泳のトレーナーについてもらうのも決めた。

毎日とまでは行かないまでも、月に一万円の会費ではおつりが来るほど、熱心に通っている。プールで泳ぎ、ジャグジーにつかり、サウナで汗を絞って帰ってくる。時間に余裕があるときにはビルの最上階の小さなレストランで、大盛りのサラダとスープだけのひとりきりの夕食を取る。帰宅とともに眠くなるので、余計な間食をする心配もなく、見る間に体重が落ちていった。めりはりのない扁平《へんぺい》だった体が、貧弱ながらもラインのある体になった。それが美奈代には、窓辺で朝日を浴びているサボテンのように、愛《いと》おしいのだった。

紙製のブルーのテーブルクロスの上に、冷たいゼリーの浮いたコンソメスープが運ばれてくる。

美奈代は、ジムの後はお決まりのファッションである、スウェット素材のパーカーに、ベロアのパンツをはいている。顔はすでに素顔で眼鏡をかけて、髪の毛は濡《ぬ》れたまま、頭のてっぺんにお団子を作っている。こんな姿でひとりで夕食を取っていても不自然ではない場所はそうそうないだろう。つくづくジムという場所は、今の美奈代に合っていると彼女は思う。

そのとき、スポーツバッグの中で携帯がバイブした。何か予感があった。慌てて衣類の中からつかみ出すと、〈TATSUO〉というその名前が表示されていた。

「よお、元気?」

なぜ電話などしてきたのだろうと、美奈代はまた用心深く考える。

「今、話せる?」

美奈代はしばらく考えて、返事をする。

「今、食事中」

本当にそうなのだと自分に言い聞かせるように、電話を耳にあてたまま、澄んだ色のスープをすくってみる。

それにしても、一体、何の用なのだろうか。

最後に会ったときに龍夫が吐き出した、いかにも不愉快そうなグレーの空気は、しばらく彼女の部屋に住み着いた。

会うつど、口げんかが絶えなかった。

理由は単純で、自分の元からいつも逃げ腰の龍夫が許せなかった。

――あなたに笑われてしまうかもしれないけど、私は田舎の出身だし、親元からも離れているし、そのときに付き合っている男の人に自分の日々のことを一番知っていて欲しいの。どこで何をしているか。行き倒れたりしたら、発見して欲しいの――。

半分泣いたような顔でそう言うと、龍夫は苦笑したものだ。

――行き倒れるって、一体、いつの時代の話？

龍夫が正しいと、今の美奈代は冷静に思うことができる。いや、思い出すと笑ってしまうほどばかばかしい台詞を口にしたのも知っている。

だが、それくらい誠実に付き合えるパートナーが欲しいのだ。毎日会わないにしろ、少なくとも互いの気持ちはその方向を向いていて欲しい。会えないにしろ、眠る前には声が聞ける。そんな程度の願いが贅沢《ぜいたく》だというのなら、やはりよほど自分には、男を惹《ひ》きつけておく魅力がないのである。

「そうか。じゃあ、どうしようか」と、龍夫はすぐに電話を切らなかった。

「用があるなら、帰ってから電話するけど」

美奈代は小声になる。

龍夫とのやり取りの気恥ずかしさは、もう何も思い出したくはない。せっかく、溶かすことのできた記憶なのである。

「うん、そうして」と、龍夫は出会った頃のような無邪気な声を出した。

やはり胸が高鳴ったのか、美奈代はスープをわずかに残したところで腹が一杯になってしまった。慌ててウエスト周りに手をやった。そこにできた小さな窪《くぼ》みが、自分を励ましてくれているように感じられた。もう同じ相手に傷ついたりするのはごめんだわ、と。


目の前を幹線道路が走っている。

車の放つテールランプの灯《あか》りが眩《まぶ》しい。

ガードレールに座ると、美奈代は携帯電話をジップアップの上着のポケットから出した。

見上げると月の周りがぼんやりと白い霞《かすみ》で覆われている、残暑がこもったような夜だった。

コールバックすべきかどうなのかもわからなかった。

元の恋人と呼べるほど深く付き合っていたかどうかも疑わしいし、いずれにしてももう別れてしまったのだし、後で電話をすると言ってかけてこないようなことは、龍夫の方にこそ何度もあったのだ。

龍夫は高校生の頃からずっとサーフィンをしている。週末になると海へ出かけてしまう。早朝のうちに出かけるので、おかしな時間に眠くなるのだと言っていたものだが、理由はそれだけではなかったろう。

色々な理由を耳にしたが、美奈代はわかっている。

龍夫は裸になった美奈代に落胆したのである。そのときの興醒《きょうざ》めしたような、目尻から緊張感の失《う》せてしまった目を、きっと忘れることはない。女は見かけではないとか、若さとは限らないとか、世の中にはどこかの国の皇太子を虜《とりこ》にしたシンプソン夫人のように話術だけで人を惹きつける女もあるのだとか、よく女性誌は特集するが、女の体がことさら好きな男はごまんといる。美奈代だって、同じではないか。龍夫の何が好きだったかと言えば、そのきれいに整った背骨の並びや、よく日に焼けた肌ばかりを思い出す。他の部分は実はあまりよく知らないのだ。ただ、その体の持ち主だからこそ身につけている根拠のない自信のようなものが、単純に眩しかった。やはり余裕がなかったのだと今は冷静に振り返ることができる。

「もしもし」と、囁《ささや》く声が震えてしまったが、背後の車の行き交う音にかき消されてくれていることを願った。やはり静かな自宅などからかけなくてよかった、とは思う。

「あれ、まだ外なの?」

「ちょっとね」

電話の向こうで龍夫が少し不満そうにふーんと鼻を鳴らしたのがわかった。

「で、用って何?」

その時点では本当に、実は美奈代の家に何か忘れ物をしていったのだろうかとか、何か金でも借りていたろうかとか、無駄な心配ばかりしていた。

「いや、ただどうしているかと思ってさ」

とても意外な、柔らかい声が響いてきた。

「な、どうしてるの？　この頃」

　美奈代はどう答えていいのかわからない。またウエストに手をやってみる。欠けた月のような曲線がある。

「別に何も。ただ、ジムに通い始めた、かな」

　特に話題もないので、水泳のトレーナーという人の指導がいかにうまいかなどをぽつぽつと話し始めると、龍夫は笑った。

「なんだよ、泳ぎたかったんなら、俺が教えてやったのに」と、いかにも甘ったるい言葉を口にした。

　龍夫はよほど退屈しているのだろうか？　それとも、たった今、別の女にでもふられたのだろうか？

　理由はわからないが、美奈代はもう家に帰りたかった。

　いくら自宅のすぐそばとはいえ、すっぴんにお団子頭でガードレールにずっと座っているのは人目を引くし、体も汗ばんでくる。いたずらに目が冴《さ》えてくるのも嫌だった。

「じゃあ、そろそろ切るね」

　沈黙が続いたので、そう言ってみた。

「どうして?」

「どうしてって、たっちゃんこそ、どうして電話なんかしてくるの?」

また沈黙があり、美奈代がいよいよ電話を切ろうとしていたそのときだった。

「なんか、痩せたでしょう?」と、電話の向こうで声がした。

え? と声が裏返ってしまった。

「きれいになったよ」

慌てて周囲を見渡すと、マンションのエントランスのところに、黒いパーカーを着た龍夫が座っている。胸に子犬を抱いている。

「やだ、すごくいやだ」と、どうしていいか身動きできずにいると、携帯電話を畳んでポケットに入れた龍夫が犬と一緒に近付いてきた。

長い足を絡ませるように歩く独特なスタイルで、長身の龍夫の影が最初に美奈代を覆い、やがてすぐそばに懐かしいココナッツのような匂いがした。

「なあ、頼む。美奈代のところで、こいつしばらく飼ってやってくれないか」

美奈代は思わずしゃがみ込んでいた。

別れた女の部屋に、なんの躊躇《ちゅうちょ》もなく入ってくる男が腹立たしかった。

なのに心のどこかでは、この殺風景な部屋に、かつて一度でも好きだった、その体つきのきれいな男がいることに華やいでいるのが切なかった。

子犬は、台所で与えた牛乳をうれしそうに飲み、尾を小さく振っている。高い声をあげている栗色《くりいろ》の丸っこい体つきを見ると、田舎で昔飼っていた柴犬《しばいぬ》のようだった。

「たった今なんだよ。海の帰りなんだけど、拾っちゃって。段ボールに三匹捨てられててさ。仲間でみんな一匹ずつ、誰か自分の一番好きな人に飼ってもらおうって言いながら帰ってきた」

「よく言うわ」

温かい紅茶を出しながら、美奈代はそこまで都合のいい話には付き合えない、と思う。だが犬は気になってしまう。毬《まり》のような体を見ないようにしなくては、心を奪われてしまう。

龍夫は少し髪が伸びたろうか。

婦人服のメーカーの営業マンをしているが、長髪にひげ面でも特別に指導は受けないのだそうだ。

「このマンション、確か犬猫ＯＫだったでしょ？」と、龍夫は人懐《ひとなつ》っこい目を輝かせて見上げてくる。

「マンションはOKでも、私はOKじゃない。実家に帰ることもあるし、友達とスノボだって行くんだから」

「へえ、そお？」と、覗《のぞ》き見てくる。龍夫のように、美奈代には友達が多くはないので、高を括《くく》っているのである。

「たっちゃんが、どこか都合のいいマンションに越せばいいじゃないの。猫ならともかく犬なんて散歩もしなくちゃいけないし、私には無理。絶対に、無理。そう、頼むから変な期待はもたないでね」

「じゃあ、俺、この部屋に越して来ようかな」

「はあ？」

龍夫は笑っている。

「なあ美奈代、犬を預ける以上さ、俺毎日電話するよ。約束する。美奈代が行き倒れてたら、ちゃんと発見してやるからさ」

無性に腹が立った。何か熱の固まりが体の底から込み上げてきて、美奈代を突き動かしていた。気がつくと、龍夫のTシャツの襟首《えりくび》を捕まえていた。ばかにするのもほどほどにして欲しかった。そんな男を好きになったのが心底悔しかった。

そのまま摘《つま》み上げるように立ち上がると、龍夫を玄関の外に追いやった。

「なあ、待ってよ。じゃあ犬、どうすんの？」

振り返って叫んでいる龍夫を他所《よそ》に、美奈代はドアを閉めてしまった。

それが犬ではなく鞄《かばん》や荷物だったら、置いていったものも窓の外から放り出してやりたかったが、毬のような子犬は今にも安心して床の上に眠ろうとしている。よほど空腹だったのか、眠たかったのか、その目を閉じて鼻の先を黒く濡らした顔を見ていたら、美奈代は居ても立ってもいられなくなった。

窓から龍夫の運転する車が走り去っていくのを見届けると、髪の毛を乾かして、コンビニエンスストアへ向かった。なんでもいいから、この時間で犬のために買えるものを用意してやろうと考えていたのだ。


週末に行われるジムの水泳大会に誘われるほど、泳ぎが速くなっていた。なので今日は特訓をするつもりでやって来た。

会社からまっすぐジムへ立ち寄ることはなくなったが、一度帰宅して、モモの散歩がてら歩いてジムへ向かう。ジムの敷地内にある芝の植込みに、リードをつなげたまま一時間ほど泳ぐが、モモはいつもおとなしく待っていてくれる。

また一緒に散歩をしながら帰る。

龍夫は、約束通り、毎日とは言わないまでも週に一度くらいは電話をしてくるようになった。

メールも送ってくる。

美奈代の方も、犬の名をモモにしたことや、ブラウンのリードをつけたことを書き送ると、龍夫はやはりまた突然に美奈代のマンションを訪ねて来た。

犬のための餌缶《えさかん》の入った段ボールを、両腕に重たそうに抱えて来た。

「ふーん、意外。でも、助かる」

そう言って迎えたときにも、美奈代はジム帰りのすっぴんという姿だった。だがちっとも気にならなかった。その代わり、もう部屋にも上がってもらわずに、玄関先でモモだけ抱いてもらい帰ってもらった。

離婚した夫婦が、子供を通じて行き来するときにも、こんな心境なのだろうかとふと感じたりした。

美奈代が遠出をするときには、モモを預かってもらう約束になっている。

更衣室で水着に着替えていると、メールが入った。

〈モモと夏の終わりの海にでも遊びに行きますか？〉

龍夫からのメールに、ため息をつく。

ウエストだけではなく、この頃は腕にも筋肉がつき始め、筋が浮いてきた。むしろ体重は筋肉を貯《たくわ》え少し増えたが、引き締まったスポーツ体型であることに変りない。

〈今週末は予定があります。よければ、モモだけ連れて行ってあげて下さい〉

返信を送りながら、砂浜の上を尾を振って走るモモの様子を思い浮かべている。

〈じゃ、また今度にする〉

間を置かずに返信があった。

スイミングキャップの中に髪の毛を入れ込むと、腕を回しながらプールへの階段を降りた。

今週末に、海へと誘ってくれているのは実は龍夫だけではないのだった。まだ大学生のトレーナーが、先週、水泳大会の後に一緒に花火を見に行かないか、と誘ってきた。返事はしていないが、そんな照れくさいようなデートを空想の中では面白がっている自分もいる。

美奈代は、階段の側面に埋め込まれた大きな鏡の中の姿を見て、なぜか急に自分の二の腕にガブッと深く噛《か》みついていた。それは飢えた動物のような衝動だった。

少し塩気まじりの、溶けたバターのような味がした。

自分自身がバターになったのだと、思ったのだ。

龍夫にとっても自分の記憶は、もはやバターのようになっているだろうか。すべてが、いつかは溶けていき黄金色に光る。

3センチヒールの靴

新橋の職場から、中野にあるひとり暮らしの部屋まで戻ってくると、だいたい午後八時近くなる。

帰宅すると、木村花恵は玄関に三センチヒールの靴を脱ぎ捨て、すぐにバスルームへと向かう。

汗まみれになったコットンのシャツや、パンツなどの衣類を洗濯機の中に放り込む。洗剤を適当にふって、スイッチを押し、機械の回る音を確認すると、水温三十六度に設定したぬるめのシャワーを浴びる。

上がってくると、裸のまま冷蔵庫の扉を開けて、冷やしてある化粧水をボトルから、コットンにたっぷりと染み込ませる。顔から首にかけて馴染《なじ》ませていく。

そのとき、一日分のため息が、あーあ、と出る。

手足には保湿クリームをつけ、それからおもむろに、やはり冷やしてあるミネラルウォーターをグラスに移して飲む。

人心地つく間に洗濯機から、終了を知らせるオルゴールのメロディが鳴り、花恵は衣類をハンガーにかけてバスルームで乾燥させる。

台所でひとり分の食事の支度を始めると、無意識のうちに壁にかけた白いフレームの丸い時計を見るのも癖になっている。簡単なパスタや野菜炒《いた》めをだいたい二十分以内に作る。

午後の九時。

人気の俳優たちが出演するドラマが、花恵はいまだに好きなのである。テレビの前に座り込み、料理を膝にのせて食べ始める。

曜日ごとに、見るものが決まっている。ドラマの中の台詞《せりふ》やファッションに時折茶々を入れながらも、見終えた頃には、心の中に、つい今しがたまで友達と会っていたかのようなささやかな華やぎができている。それが夜の唯一の楽しみであるといってもいい。

ドラマは毎回続きがあるが、見終えた花恵には、一日が中途半端に放り出されたような虚《むな》しさがつきまとうのもいつものことだ。

そのままバラエティ番組だったり、ニュースだったりをチャンネルサーフして、午後の十一時になる。

台所を片付け、乾燥した衣類を畳み、軽いストレッチをすると、文庫本を手にベッドに入る。

規則正しい生活をしている、と自分でも思う。

毎日深夜の十二時前には就寝しているし、睡眠時間もたっぷり足りているし、肌の汚れを落とすことも欠かさないからか、二十九歳のわりには透き通るような肌だと言われる。

だからといって、女としての華やぎは一切ない。

この頃は、少し太ってきたのも感じている。今日の夕食はパスタだった。パスタソースは市販のものを使った。月給が限られているから、明日は冷蔵庫の残り物でお弁当を作ってもっていくつもりだ。

自分で作っていると食べ過ぎるのか、今や全体にぜい肉がついており、夏になって、会社の同僚や短大時代の友人たちから海やプールに誘われても、人前で水着を着る自信がない。

それが、ありのままの花恵の姿だった。

就寝前に読む文庫本は、けちなようだが図書館から借りてくる。これも週末にまとめて三冊と決めている。

今日手にした文庫本は、日本人の男性作家による短編小説集だった。巻頭の小説は、三十代後半の、独身のキャリア女性が主人公だ。日頃はワーカホリックな、研究所の職員である。プライベートでは乾いたような生活をしているというのに、ある日、その研究のことを聞かせて欲しいとやって来た年下の男に誘われて、食事をする。

女は低い声で自分の見知った研究のことばかりを話す。宇宙や天体や砂漠や、あらゆるところで生じるエネルギーの流れについての話を、どこか浮き世離れしていると寂しく思いながらも、他に若い男とする会話なんて見つからないばかりに話し続ける。食事をした男は、そんな女に色気を感じる。

週に一度でも二度でもいいから、そうして会って、低い声で何かを話してくれないだろうかと熱望する。

――いつかは一緒に住むとか、結婚するとか、そんなことも僕の方なら考えたい。ずっと先で構わないから。

と、男は言う。

女は唇を突き出して、言う。

——ばかね。

花恵は小説を閉じると、口にした。

「まさか」

そんな出会いが世の中の一体、どこに転がっているというのだろうか。

短大の友人たちも、よく集まっては男と付き合い始めただの、別れただのと口にしている。

確か友人のひとりは生まれてはじめてクラブに行ったら、同じ名字の男と知り合って意気投合して付き合い出したと言っていた。別のひとりは合コンに遅れて向かったら、同じエレベーターに乗り込んだ男もやはり遅れて会場へ向かうところで、だったら二人でお茶でもしませんかと誘われて、それが縁で結婚することになったという噂《うわさ》だ。

本を閉じて照明を落とし、目を瞑《つぶ》ったのだが、何か急に寝苦しくなった。

部屋の灯《あか》りをもう一度つけた。

クーラーをつけていても耐え切れないほど暑い夜だ、という理由もあった。さきほど食べたパスタも胃の中で収まりが悪く、気分が悪かった。

こんな夜には無理に寝ようとせずに、クローゼットの整理を始めたり、アイロンがけをするのがいいと、図書館から借りた本で読んだ覚えがある。それが大人の女の処世術なのだ、と。

だが花恵にだって人恋しい夜はある。

今日ばかりは無性に、人の声が聞きたかった。それが今日という日の自分の決まりごとのようにも思えた。

だが、一体こんな時間に誰に電話してよいだろうか。

自分の声は小説の主人公のように特別に低くセクシーなわけでも、澄んでいるわけでもない。

電話をして相手が眠っていたり、恋人と過ごしていて、怒らせるのも怖い。

だったら、こんな夜にこそもっと本を読むとか、ケーブルテレビの映画を観《み》るとかしたらいいと思うのに、今は誰かを揺り起こしてでも話したい。なぜなのかそんな衝動がふと湧き起こり、頭の中を駆け巡る。

短大時代の親友の万佐子《まさこ》に、緊張しながらコールしてみると、電話に出てくれた。

彼女とは、在籍中に両親が離婚をするという同じ体験を持った。二人とももはや思春期の少女のように悩みはしなかったが、やはり泣いたり騒いだりできない分寂しかったし、すぐに親たちに新しい相手を紹介されたのも人間不信を植えつけられるきっかけになった。

「ど、したの?」と、ぼんやりした声が返ってくる。「こんな時間に、珍しいじゃん」

「なんかさ、ただ声が聞きたくなった」

「やだ気持ち悪い」

なんの意味も含まないのだろうが、万佐子がそう言って笑い、花恵は少し傷ついている。やはり、電話などしてはいけなかったのだという後悔が先に立つ。せめて何か楽しい話をしなければ、相手にすまないという気持ちも湧いてくる。

「知ってる? 吉崎さ、吉崎香奈ね、CA(キャビン・アテンダント)クビになったらしいよ」

だが、そう言い出したのは、万佐子だった。友人の噂話ほど他愛《たわい》のないものはない。花恵は何か救われたように感じる。

「なんで?」

「知らないけど、結構、手当たりだったみたいよ。パイロットとも、客とも」

吉崎香奈のことはよく覚えていた。

学生の頃から肩までの栗色《くりいろ》の髪は夜会巻きにしていて、爪の先まで色気があり、いつも授業が終わるたびに携帯電話のメールをすべて読むのに、休み時間ではとても足りないとばかりため息をついていた。

「だけど、きっときれいだろうね、彼女。今も」

「きれいっていうか、スタイルがいいっていうかね。細いのに胸ふかふかしてるんだよね、あいつ」と、万佐子の話は興に乗り始める。

「で、浅草のちゃんこ料理屋の娘だからね。なんか実のところは愛嬌《あいきょう》があるっていうの？」

「そうだったっけ？」と、花恵は笑う。

　女子大では、なんだかんだといっても、香奈のような女に、反感も注目も集まるのだった。

「そういう人生を、一度くらい送ってみたかったたな、私も」と思わず本音を漏らすと、万佐子が鼻をぶっと鳴らして笑いをこらえた。

「花恵の場合はね、なんていうか、清潔っていうのと清潔感っていうのが違うってことを、身をもって証明しているタイプなんだよね。そこのところがちょっと空回りしてるよね」

「私はどっちなの？」

「だから、清潔なのに、清潔感っていうのならむしろ吉崎の方があるっていうの？」

「電話しなきゃよかったな」

花恵はそう毒づきながらも、一度終わったはずのテレビドラマがまた始まったかのような、ささやかな華やぎに身を委《ゆだ》ねていた。

万佐子が電話の向こうで煙草《タバコ》に火をつけたのがわかる。

「夏休み、どうするの？　この間のサーファー軍団が、よかったら僕らの借りている部屋に合宿に来ませんかって誘ってきているみたいだけど。まあ、体《てい》のいい飯炊き係なんだろうけどね」

「万佐子は行くの？」

「私はちょっとね。いい感じなのよ」

「なに、それ、聞いてない」

「仕事で会ったイギリス人なんだけどね」と、彼女は囁《ささや》くような声になる。

またひとり取り残される。

「じゃあ、私もやめとくよ」

「ちょっと、そうやって。覚えてるでしょう？　そのうちのひとりの、あのくるくるパーマが、なんか花恵とまた話したがってたよ」

五月のＧＷに、花恵は万佐子に誘われて久方ぶりに合コンなどに出かけたのだった。

相手は皆サーファーということだったが、日に焼けていたり、ひげを生やしていたり、やけに髪が長かったりと、それこそやたらと清潔感のない男たちのグループだった。

適当に二次会に流れることになったが、花恵はその日、阿佐ヶ谷にある祖母の家に寄る約束をしていた。月に一度か二度、ひとり住まいの祖母の様子を見舞って、風呂で背中を流してあげる。祖母がそれで折々小遣いをくれるのを日々の足しにしているということもあるが、両親が離婚するときにも、唯一心を乱さずに自分を見守ってくれていたのが祖母だったので感謝している。

合コンを抜ける理由をわざわざそう話したという記憶もないのだが、ひとり帰宅すると、翌日になって万佐子から電話があって、ユウジとかいう人の電話番号が伝えられた。「すごく優しそうな女の子だったからって」と、そのときにも言われたのだが、真に受けてはいなかった。

「かけて欲しいって言ってたわよ」と、万佐子は念を押して電話を切ったのである。

GWからは指で数えてみても、もう三ヶ月以上も経《た》っていた。

今更電話をしたってユウジは自分のことを覚えてもいないだろうと花恵は思った。

自分の方にしたってユウジとかいう男の記憶は朧《おぼろ》げでしかないのだった。髪の毛が天然パーマなのかくるくるの巻き毛で、それなのにスーツを着ていたのが、一番の印象である。アパレルの営業という仕事は、それで務まるのだそうだ。

万佐子との通話が終わると、部屋の中がまた静まり返ってしまった。馴染み深いはずの夜の静寂さえもが、今日はやけに気になった。どくんどくんという鼓動が自分を大きく包み込んで、飲み込まれそうになる。

花恵は引き出しを探し始めていた。肩までの髪の毛をまとめるためのバレッタや、マニキュアや大きめのブレスレットなどが収められている棚に、０９０で始まる番号が書かれた細長い紙があった。

壁の時計を見ると、なんとすでに午前の一時に近かった。

こんな時間に電話をするなど非常識の極みなのは確かだったが、花恵はこの先ユウジとどうかなろうなどとは考えてもいない。ただ、今は話し相手が欲しいのだと思うと、逸《はや》る気持ちが抑え切れずに番号を押した。

どうせ合コンで出会った相手なのだ。軽い会話が弾めばいい。相手がどんな生活をしているか知らない今だったら、それができる。都合が悪ければ、出ないだろう。互いに立ち入る必要もない。

七回、八回とコール音が続き、

「はい」と、野太い声が返ってきた。

「誰?」

なんだか遊び慣れた男の答え方だなと思った。知らない人からのこんな深夜の電話に出るのだから、物欲しげでもあると、勝手にかけておきながら花恵は思った。

「あの、ユウジくん? 私、この間っていっても五月のだけど合コンで会った花恵です。木村花恵」

三秒、五秒、七秒、と、数えていられないほど、長い間があった。

「意外に不良だね、こんな時間に電話してくるなんてさ」と、電話の向こうのユウジは言った。

三秒、五秒、七秒とやはり返事に困り長い間を置いた花恵は、ついロにしていた。

「ばかね」

さきほど読んだばかりの本の一フレーズだった。「不良だなんて、そんなはずないわ」と、彼女の声が続いた。どこか自分の声ではないように大人の女の話し方をしていた。

そこからどうやって会話が成立したのだったか。ユウジという男がよほど聞き上手だったのか。

気がつくと花恵は一時間以上もユウジととりとめのない話を続けていた。

小さな携帯電話を持つ手が汗ばんで、耳と唇だけで自分の体ができているような錯覚に襲われた。

「じゃあね。もう切るわよ」と、花恵が言う。

「そっちから切ってよ。だけど、気が向いたらまたすぐかけちゃうよ」と、ユウジがふざける。

「それじゃあ、終わらないでしょう。ユウジくんが切っていいわ」

二十九歳にもなって花恵も甘える。

「ねえ、どうせなら今から会おうか？　車で迎えに行くよ」

「嘘《うそ》ばっかり」

「ほんと、会いたくなった」

そんな楽しげな会話をしていること自体、花恵には高校生以来のことのように思えた。

「会うって、嘘でしょう？」

「夜だと、どこだってすぐ行けるからさ。住所教えてごらん」と、ユウジは言う。

「えー、待ってよ」と、花恵は携帯電話を持ったまま立ち上がり、鏡の中の自分の顔を確認している。悪くはない。上擦《うわず》った自分の顔は上気して、目がいつになく輝いている。パジャマは着替えなければいけない。何を着て行こうか？　深夜にふらっと出かけるのだから、化粧もマスカラと眉とグロスだけにして、ジーンズとタンクトップにカーディガンを引っ掛ける程度にしようか。それともいっそ髪の毛をルーズにまとめて、眼鏡をつけようか、などと頭の中を一気に加速させて考えていたその矢先だった。

「ただいまー」と、電話の向こうで女の声がした。「ユウジ?」

その声と一緒に、通話は一方的に切られたのだった。

翌朝は寝不足だった。

鏡の中の目は充血して、肌にもはりがなかった。髪の毛を一つにきつくまとめてシュシュで留めると、ブルーの七分袖のワンピースを着て、職場に向かった。

昼休みの時間になって、ユウジから携帯電話が鳴ったが、花恵はもう取らなかった。

世の中の軽い遊びを楽しむようなリズム感は自分は持ち合わせていなかった。

だったらせめてまともな出会いのある場所を探すべきだったが、思えば自分には、毎日テレビドラマを見て、友人の噂話をしているくらいで、ろくに会話すべき内容もないのだった。

　夏休みのシーズンが近付いていた。

　母が再婚相手と営んでいる清里のペンションを手伝いに来ないかとも誘われていたのだが、気乗りがしないでいる。

「部長は、どこか行かれるんですか?」

　夏休みの届けの書類を前に、前の席に座る部長に訊《たず》ねてみた。定年まであと二年だというのを、机の上でこっそり日めくりカレンダーにして楽しみに待っているらしい。ロマンスグレーで、いつも昼休みにはそばを一枚食べて帰ってくる。静かな部長だった。

「ちょっと信楽《しがらき》の方へね。下手な土いじりを始めたもんですから。木村さんは、どうするの?」

「何も決まっていなくて。だめな独身OLですね」と、自嘲《じちょう》気味に言ってみる。

　勤務時間だというのに、机の引き出しの中でまたマナーモードになっている携帯電話が作動して、着信を見るとユウジだった。

　昨夜自分が指で押したその番号を見るだけで、頬が赤くなった。

軽薄な関係に、一時でも興奮した自分が気恥ずかしかった。

電源を落とすと、花恵は部長に向かってつけ加えた。

「そんな風なので、私のお休みは皆さんの残りのところに入れてもらえたらそれで構いませんから。お土産、お待ちしております」と、冗談めかして言うと、急に祖母のところへ寄ろうと思い立っていた。

百貨店で水羊羹《みずようかん》でも買って、祖母のところへ寄ってみよう。約束はしていないが、喜ぶだろうと思ったのだ。


虫の知らせと言うのだろうか。

花恵が行ってみると、祖母が夏風邪《なつかぜ》をこじらせ寝込んでいた。ずっと咳《せき》が続いており、この二日間ほとんど何も食べていないと言う。目が落ち窪《くぼ》んでいるではないか。

慌ててタクシーを呼んで、病院の救急センターに入った。

幸い心配した肺炎ではなかったが、八十歳を超えた祖母には、点滴が施されることになった。

救急センターの外来には、熱を出してぐったりしている子供や、酔っぱらいの急患や、様々な人が列を作り、ようやく祖母に与えられたベッドも廊下に置かれた。花恵はそのそばに座り、点滴の滴が落ちるのをただじっと見ていた。

祖母は、やがて眠り始めた。

空腹だったが、花恵は祖母のそばについているだけで、今は気持ちが安らぐのを感じていた。

顔の皺《しわ》が深く、目尻に涙なのか何なのか零《こぼ》れた筋が見える。鼻の下の毛が案外黒く生えている。老いた樹木のようには見えるが、まだまだそばにいて欲しい。

花恵は今は祖母のそばにいながら、そう感じている。

そのときだった。また携帯電話がバイブして、今度はメールのマークが浮かんだ。

花恵は手の中でアイコンを開いてみた。

〈ごめんね。不愉快な気持ちにさせたのなら謝ります。でもよかったら、海の方にも来て下さい。　ユウジ〉

「フザケルナ」とひとりごちて携帯電話をぱたんと折り畳むと、

「花恵もそれくらいのことはあってくれないと」と、いつの間にか目を開けていた祖母は言った。

「そういうんじゃないの。ほら、ごめんねって書いているでしょう」

「ごめんねなんて、言われてみたいもんだわね」と、祖母は目尻を垂らして笑った。

花恵も笑った。今自分は祖母と同じ考えをしたのではないかと感じた。つながっているのだな、と。

「おばあちゃん、水羊羹、冷蔵庫の中に冷やしてきたから、帰ったら食べようね」

外来のドアがゆっくりと開く。誰が出たのか、入ったのか。

夏の蒸し暑い夜がその扉の外に見えた。

赤と白のワインの空き瓶

夏の間に飲んだワインのボトルが三十八本、ベランダの白壁に沿って並んでいる。埃《ほこり》まみれになった空き瓶の幾つかはすでに床にごろごろと転がっているが、いずれも割れてはいないようだ。

新しく並べた手前のものは白ワインのボトル、奥に置いた古いものは赤のボトルにきれいに分かれている。

髪の毛をパイル地のヘアバンドでまとめて、ベロア素材のスウェットの裾《すそ》をたぐった優子は、段ボールにそれらの空き瓶を詰めていく。

一本一本に思い出が染みついている。今となっては辛《つら》い思い出ばかりだが、と優子は思う。

一番手前の黄緑色のボトルは、昨夜空けたばかりだった。七年住んだこの部屋にさよならするための前夜祭にと、やはりひとりで飲んだが、酔いが進むうちに泣けてきた。最近流行《はや》りのピノは華やかな香りだった。

列の中央の辺りにあるパヴィヨン・ブランのボトルは、ひとりの誕生日は寂しいだろうと、会社の先輩だった由香里が奮発して買って来てくれたものだ。一緒にブロッコリーやマッシュルーム、クレソンを山盛りに積んだサラダを食べながら、気がつくとソファにもたれかかってどちらも眠っていた。三十代にさしかかってからは、そんな女同士の時間がかけがえがないと素直に感じる。

白ワインのボトルの一番奥に並んでいるのは、近くのコンビニで買ったチリ産の安ワインだ。

赤ワインのボトルから白ワインのボトルへと空き瓶が変ったちょうどその頃、優子はいつも家に帰るとすぐに、着替えもせずにボトルをあけねば保てぬような精神状態にあった。

あれは、まさに青天の霹靂《へきれき》だった。

この夏、彼女を襲った出来事は、そうとしか言いようのない出来事だった。

ただの失恋ならともかく、優子の婚約者には、他に女がいた。相手というのは、他でもない彼女の親友で、それが発覚したのが、この夏のはじめであったのだ。

二人の関係を見つけるきっかけになったのも、やはりワインのボトルだったと、優子は苦々しい思いを噛《か》み締めながら、思い出している。

　同期で入社した里枝の部屋で、彼女の携帯電話が鳴った。

「今はちょっとだめなの。後で、必ず電話するから」と、小声で話す里枝がちらっと優子を見たその目線は夜に出会った動物のように妙に艶《なまめ》かしかった。

「やだ里枝、何か素敵なことでも始まってる?」と、優子は、里枝の部屋の白いソファにもたれかかって、屈託なく訊《たず》ねたのだ。

　里枝は、モノトーンでまとめた生活感のない優子の部屋とは対照的な、ソファもカーペットもカーテンも淡い色合いの女の子らしい部屋に、住んでいた。だが、男など足を踏み入れたこともないまま、確か五年以上が経《た》っているとも聞いていた。里枝は優子と違って引っ込み思案なたちで、家庭的で、人込みに出かけるのを好まなかった。

「優子の方は、どう?」と、ショートボブの里枝は上目遣いで訊《き》き返してきた。白のVネックのサマーニットを着ていた。

「まあね、もうマンネリ気味ではあるけど、岸本といるのは楽なのよ。こうして女友達と会っていても、仕事で遅くなっても一切詮索《せんさく》されることもないし、私も向こうのことが全然気にならないもの」

「信頼?」と、里枝は問い続けた。

「信頼なんて立派なものじゃなくて、お互い、そうそうモテやしないだろうと、高を括《くく》っているのよね、きっと」

そう言って、自分でグラスに赤ワインを注ぎ足そうとした。そのとき手にした赤ワインのボトルが、偶然にも週末に自分の部屋に運ばれたものと同じだったのだ。北カリフォルニアで採れたメルロー。特別珍しいわけでもないのだろうが、まったく同じワインであるなど何か意外な気がして、優子は里枝に訊ねたのだった。

「ワイン、詳しかったっけ？」

里枝が、返事もせずに俯《うつむ》いた。

「どこで、買った？　それとも、誰かにもらったの？」

どうあれ、その時点では、まさか自分の男が同じワインを持ってこの部屋にもやって来ているなどとは、夢にも思っていなかった。里枝の男も偶然に、岸本と同じ店で買ったのだろうかと考えたくらいだった。

里枝が明るく適当な言い訳をつけてくれたら、優子はもうそれ以上は詮索しなかったはずだった。

だが、肌が薄く抜けるように色の白い里枝は、頬を紅潮させて、いつになく落ち着かなかった。

里枝はキッチンに立つと、水道から注ぎ入れた水を立ったまま飲んだ。首筋に流れた水を、手の甲で乱暴に拭い、肩で荒い息をしていた。

そのとき、優子には、キッチンに並べられた無数のワインの空き瓶が目に入ったのだった。

里枝の部屋を訪ねるのは、思えば久しぶりのことだった。同期の入社では、二人だけが地方出身者で、最初のうちは共によく互いの部屋を訪ね合ったり、互いの郷里を訪ね合う旅をした。

だが、やがて優子は取引先の営業マンである岸本と出会い、週末はほぼ一緒に過ごすようになった。

里枝は元々そんなに酒を飲む女ではない。

ワインが好きだなどとは、聞いたこともない。

優子は、立ち上がると自分も水を飲むふりをして、里枝の横に並んだ。優子より十センチほども背の低い里枝と、肩を並べて、グラスを借りて水を飲んだ。

空き瓶につけられたラベルを順に眺めていった。

97年のフランスのピノノワール、同じ年のカリフォルニアのピノ、93年のサンテミリオン、翌年のマコン。

そんなばかなと目を疑った。

だが、ワインのラベルをはがしてノートに貼《は》る習慣も、優子が岸本に促されて始めた趣味の一つだった。間違えるはずがなかった。すべて赤で、順番まで同じだった。

優子は、横暴にも里枝が手にしていた携帯電話を取り上げた。着信履歴の一番手前にあったのが、キシモト　リュウジの名だった。

片仮名でその名を保存した日のことも、よく覚えていた。

昨年の冬のことだ。里枝と優子が会社の忘年会で飲んで、優子はやけに酔ってしまった。タクシーを呼ぼうにも、忘年会シーズンで何時間も待たされる勢いだった。なんとかたどりついたホテルのロビーラウンジで、優子は岸本に迎えに来てくれるようにと、半ば強引に電話で頼んだのだ。

「里枝も送ってあげてね。一緒にロビーで待っているから」と、頼むと、「いいよ」と、テレビでも見ていたのかぼんやりした声が返ってきた。

二人で待つうちに、優子は何度かトイレに立った。すれ違ってはいけないからと、里枝の携帯の番号も岸本に伝えておいた。なんのことはない、里枝の携帯を借りて、岸本の番号を押して一度鳴らしておいたのだ。酔っていてもできる簡単な操作だった。

発信元の番号には、口頭で伝えて〈キシモト　リュウジ〉の名を登録してもらった。

岸本にも、〈ヨシダ　サトエ〉の名を入れてもらった。

自分にとって一番大切な二人が互いの番号を持ってくれているのなら、この先何があっても安心だなと、酔った頭でぼんやりと考えたのを覚えている。

安心を与えてくれる以上に、二人が深く知り合ってしまうことになるなどとは、想像もしていなかった。

迎えの車がついた時点で、優子は後部シートで鼾《いびき》をかいて眠り始めてしまい、助手席には里枝が座った。おそらく、あの日から、二人の間には何か通い合うものがあったのだろう。

「ごめん」と、里枝が顔を真っ赤に震わせて言い、優子は手にしていた携帯電話を壁に投げつけた。電話が弾《はじ》け、跳ね返った部品がテーブルのグラスにあたり、里枝の部屋のカーペットや彼女のニットは赤ワインで染まった。

「謝らない」と、優子は首を横に振っていた。「謝らないし、どういうことなの？　私たち、来年の春には結婚するんだよ。知ってるでしょ？」

「ごめん優子。でも、私、もう戻れないの」

戻れない。いくら里枝がそうは言っても、優子は、岸本だけは自分のところへ戻ってくるような気がしていた。

結婚式場の相談をそろそろ始めねばと言っていたばかりだった。岸本の母は、年末には、おせち料理を一緒に作りにくるようにと誘ってきていた。面倒だとは思いながらも、少しずつ結婚へ向かって準備が整いつつあった。里枝は、優子の友人代表として幹事を務めてくれるのではなかったのか。

だが岸本は、優子のところに戻るどころか、電話の一本さえかけてこなかった。里枝も、すぐに会社に辞表を出した。女同士の間も、それで完全に切れたというわけだった。

優子が毎日会社から戻ると白ワインを一本飲むようになったのは、もちろんそれからである。

ただ酔いたくてコルクを抜くのに、ボトルをあけると、そのつど違う香りが立ち上がってきて、優子を一瞬未知のときめきへと誘ってくれた。香りを嗅ぐと、まるでどこか異国の街角で新しい男に出会うかのような、微《かす》かな華やぎがあった。はじめは味や香りを愉《たの》しみ、やがて酔いの中に助けられていった。

それが別の酒なら、優子はただ酒に溺れていったのかもしれないが、ワインだったから、別世界を彷徨《さまよ》っているように思えていたのかもしれない。ただの安ワインでよかったが、やがてはもう少し上等なワインへと貪欲に目移りするようになり、気がつくと優子は男がいなくてもそうしてひとりでワインを楽しめるのだということを覚えていった。

週末は、夕暮れになると小さなベランダに椅子を出し、チーズやクラッカーなどをつまみに、空に広がる夕映えを眺めた。

西荻窪にある1DKのマンションだが、七階のためか、ベランダからは東京の街の一角が見渡せるのが好みだった。

朝方になっても眠れずに、毛布にくるまって朝焼けを眺めてみたり、雨の降りつける窓を見ながら音楽を聴いて、泣いてみたり。

ワインだとゆっくり酔える。

いつしか鼻歌を歌い始めている。哀《かな》しい歌であっても、それを聴いているのも自分ひとりきりだった。

そうしてボトルが壁に沿い、ずらりと並ぶようになった頃、優子はようやく、この、色々な思い出が染みつき過ぎた部屋を、引っ越そうと決めた。

玄関で呼び鈴が鳴り、引っ越しのトラックが到着する。

ブルーの作業服を着た体格のいい男たちがドアの向こうの廊下に並んでいる。

「ごめんなさい、後はベランダのゴミを出すだけなのよ」

「いいっすよ、そういうのは俺たちやりますから、荷物運んで下さい」

「いいの、私ゆっくりやってますから」

季節が冬へ向かう時期の引っ越しは珍しいのだそうだ。たいていは、日がどんどん短くなるこの時期に引っ越しはしない。新しい部屋に移った感傷が余計に深くなってしまいがちなのかもしれない。

だがちょうど、散歩の途中で見つけてしまったのだった。

隣町の赤レンガのマンションだった。

築年数は二十年ほど経っているが、マンションには中庭があり、銀杏《いちょう》の木が立っている。

「秋にはちょっと匂いますよ、正直言ってね。でも、このマンションの住人の方たちは、皆季節になると軍手をつけて銀杏の実を拾って楽しんでますよ」と、管理人は言った。

銀杏拾いの輪の中に、三十代にさしかかった自分が混じっている姿を想像すると楽しかった。

奈良で育った優子が、短大に通うために東京に出てちょうど十年になる。思えば、心が郷里と似通った何かを探し始めていたのかもしれない。

奈良でも、秋になるとよく銀杏を拾った。

優子が通っていた幼稚園では、母親も子供たちも皆で銀杏の実を拾って、透明な袋に思い思いの紐《ひも》を巻いて、クレヨンで描いた絵をつけてバザーで売ったものだ。

銀杏のマンションに越すのだから、秋のうちがいいと優子は思った。

これからどんどん日が短くなって寂しくとも、秋がいい、と。

もう一度マンションの呼び鈴が鳴り、玄関に先輩の由香里が立っていた。七分丈のカーキ色のパンツに、茶色のニットのパーカーを着ている。

「何か手伝うこと、ある?」

優子は頷《うなず》く。

「瓶運びを、お願いします」

「OK」と、中に入ると、彼女は腕を組んでため息をつく。「まあ、よくもこんなに飲んだものね」

「そのうち何本かは一緒に飲んでもらったでしょ」

二人で笑う。失恋をした夜にも、優子が泣きながらまっ先に電話をした先は彼女だった。翌日には、ワインと干したいちじくを手に訪ねてくれた。

「まあね、で、これは新しい部屋でのお祝い用。心機一転の赤、禁断の赤ワインでしょうけど、持ってきちゃった」

優子は手を伸ばし、そのボトルに顔を近付ける。

毎日一本ずつワインを空けていたわりに、顔がむくんでいるわけでも肌が荒れているわけでもないのは、毎日散歩がてら新しいマンションまで下見に通い詰めたからかもしれない。夜にはワインを一本空け、朝になるとコーヒーを飲んで散歩をした。帰宅してシャワーを浴び、冷たくしたフレッシュジュースを飲みながら会社へ向かうと、体がすっきりした。

男と一緒のときにはできなかったことを、みんなしようと思った。

遠慮なく自分のペースでワインを空けてそのまま眠ってしまうこと、下着のままコーヒーをいれたり、スニーカーで駅までの道のりを早足で歩くことが、みな新鮮に思えた。夜と朝のめりはりが、はっきりとついていった。赤ワインが白ワインに変ったように。

「赤か」

岸本という男は赤ワインしか飲まなかった。夏でも冷やして赤を飲むのだとか言っていた。

優子は、改めて、手渡された赤ワインのラベルを読んだ。

由香里が以前に買って来てくれた、パヴィヨンの、赤《ルージュ》だった。

「わあ、うれしいな」

「後で飲もうよ」

優子は、次々と荷物が運び出されていく部屋の、元々備えつけだった棚の中央にワインを置いてみる。

黄色いラベルに赤い文字が刻まれている。フランスの三大ワインと呼ばれるシャトーマルゴーのセカンドラインだが、味と香りはほとんど区別がつかないと言う人もあるらしい。

赤ワインをゆっくり飲むのにほどよい季節も訪れようとしていた。

「どう、元気出そう?」

優子は片目を瞑《つぶ》る。

荷物の出ていった部屋はがらんとしている。こんなに広かったかと思う。

岸本とは、本当にそれきりになった。一度くらいは、この部屋を訪ねて弁解くらいはするのかと思っていたが、自分でももはやどうしていいかわからなかったのだろうか。岸本の母から一方的に百万円の小切手を同封した手紙が届き、実はそれが今回の引っ越しの資金になった。

優子の方は、それでもすぐには納得できなかった。夜になって眠れずに、酔った勢いを借りて、岸本の部屋を訪ねてみたことがある。彼の実家のすぐそばにあるマンションの郵便受けからは、DMなどがあふれていた。

だったらとばかりに、今度はその足でタクシーを拾い里枝の住むマンションの近くまで行ってみたのだ。部屋の灯《あか》りがともり、窓を開け放っているのか、うす桃色のカーテンがこちらに向かってそよいでいた。

もはや、呼び鈴を押す気にはなれなかった。

自分だけがうす桃色のカーテンの揺れる部屋での幸せを摑《つか》み損ねたのは、明らかだった。

がらんどうの部屋の中央に膝を組んで座る。

午後の柔らかな陽射《ひざ》しが舞い始める。

「一度くらい、ちゃんと話しに来たっていいと思った」

優子は、膝に両手を組むと、顎をつけて言った。

「そんなもんよ」

由香里が背中を撫《な》でてくれる。

「同じワインを二つの部屋に運んでいたなんてね」

「昔の人はよく、妻と愛人にはなんでも同じものを平等に、って言ったのよね。愛人と天ぷらを食べたなら、家に戻ってからもまた天ぷら。妻にバッグを買ったなら、愛人にも同じバッグ。映画も二回観《み》る。ほら、そうしたら話をうっかり間違えることもないし」

「最悪」

優子は自分の膝に顔を埋める。本当は泣いておきたかった。涙があるならみんな流しておきたかったのに、毎日の酔いの中に、涙も溶かされていったようだった。

「男ってばかなのよ」と、由香里は言う。彼女はすでに一度離婚している。その後も、幾つかの恋愛を経て、今はもう男はこりごりとばかりに大型犬と古い一軒家を借りて住んでいる。

「あのー」ドアをノックする音がして、引っ越し業者の男がひとりおそるおそる声をかけてきた。「移動していいですか?」

「はーい」と、二人は同時に立ち上がる。

共に手を伸ばした先は、棚の上の赤ワインだった。

由香里が苦笑しながら手を放す。優子が胸に抱きしめたボトルの中で、ゆるやかにルージュの色が揺れた。

冬休みを前に

書店のレジカウンターの前に、長い人の列ができている。

横長のカウンターにレジは四台もあるのだが、クリスマスを目前に控えているからなのか、客たちはそれぞれにラッピングをしろだの、海外に送れだのと注文を出している。

待ち合わせの時間が迫っているのに、列がなかなか進まず、おまけに丸本梨江子は急に尿意を憶《おぼ》えた。小刻みに足踏みをするが、堪《こら》え切れそうにない。

「あの」

おそるおそるカウンターの中の、眼鏡をかけた店員に声をかけてみた。エプロンをつけた胸には、〈研修生〉という名札がぶら下げられている。

「ちょっと待って下さい」と、顔もあげずに言う。ちょうど、本のラッピングに手間取っていたらしい。

だからといって、顔くらいあげてもいいではないかと梨江子はもう一度、今度は少し大きな声を出した。

「お手洗いに行きたいので、この本を預かっておいてもらえますか？　戻って来て支払いをしますので」

「はあ？」と、ようやくあげた顔には眉間に皺《しわ》が寄っている。だから、後にしてくれって言っているだろう？　と書き込んであるような顔だ。

並んでいた客たちの視線が、梨江子に集まってくる。ファッションビルの七階にあるこの書店には、若い女ばかりが集う。腕には、それぞれ洋服やら靴やらを売る店のバッグがぶら下がっている。

逸《はや》る気持ちというのなら、みんな似たようなものなのかもしれない。日曜の昼下がりなのだ、この後デートに出かける女たちだって少なくないだろう。

「はあ？　じゃなくて、こんなに長く並ばされてるんだから、せめて預かっていてくれたっていいでしょう？」

思わず梨江子の語気が荒くなり、血液が首から上に集中してくるのを憶える。急激に血が昇る。そう、この感じ、なのだと思う。

いつも、こんな風に、血が逆流してくる。

するとき自分は、せっかく一時間近くもかけて選んだ三冊もの本を、やがて、もういいわ、と突き返してしまうのだろう。せっかく時間をかけて選んだ本を、ただ気のきかない店員との、こんなやり取りがあったがために、無にしてしまうのだろう。だったら、なんのために今まで並んで待っていたのだろうか。

「とにかく、本をカウンターに預かっておいて下さい」

なんとか心を鎮めてそう言うと、靴底の音をかつかつと鳴らし、洗面所へと向かった。

ようやくわかってきたと梨江子は思うのだった。

自分は何も、この書店員に対してだけ苛立《いらだ》ったわけではないのである。

たぶんこんな日は、朝から、全身に細かな苛立ちの棘《とげ》を密集させている。とげとげした思いは自分ばかりではなく、他人をも不快にさせる気配を帯びて、体の中でくすぶっている。

だったら、ジムにでも行って発散させたらいいのに、梨江子は運動もしない。運動が苦手なわけではないが、そんな単純な方法ではない、知的な慰め方があるような気がして、わざわざ混雑した書店へとやって来てしまった。前々から読みたかった、ジョン・アーヴィングや、書評を切り取っておいた本などの文字は、目で追ってはみたが心に染みてこずに、選んだ本は南極のペンギンの観察記や、ジョニー・デップが主演で映画化される、少年少女向けのファンタジーなどだった。

空回りしていると、今更ながら梨江子は思う。

今朝からの苛立ちは、古谷亮司のせいであることは自分でもよくわかっている。亮司のせいでこうなったとも言えるし、こんな自分に、いよいよ彼が愛想を尽かしたとも言える。

かつては、多いときには日に幾度も、メールや電話をよこした亮司だった。天気がいいと言っては、浮き雲の空を映した写真入りのメールをくれた。梨江子の部屋から持っていった本を読み終わったと、深夜に電話をよこした日もある。眠っていたのを起こしておきながら、嬉《うれ》しそうに話す男の無邪気さが、三歳年上の梨江子には愛《いと》おしかった。

だが、最近電話をくれたのは、いつだったろうか？　もう一週間はゆうに音沙汰がない。梨江子は二度、短いメールを送ってみたが、返信をすら送ってこない。

他に女でもできたのかもしれないし、クリスマスを前に自分との関係は終わっておきたいのかもしれない。そもそも気紛《きまぐ》れな男なのだ。いや、こうしてあれこれ詮索《せんさく》しているような態度が、亮司に言わせると、シツコイ、のだろう。

トイレを済ませると、急に恥ずかしいほど、全身から毒気が抜けていったようだった。高ぶっていた、熱も冷えていった。

レジカウンターに戻ると、人の列も嘘《うそ》のように消えている。

会計を済ませ、エスカレーターで、待ち合わせの階下のカフェへと向かった。一階の売り場で、チョコレートの詰め合わせを買うつもりだった。

〈ごめん、あと五分で着く〉

白い携帯でメールを送ると、モニター画面にはすぐに、

〈いいよ〉と、返信があった。


「どれ、見せてごらんよ」

伊藤大介は、梨江子の下げてきた書店の袋の中を覗《のぞ》き込む。

紺色のコム デ ギャルソンのジャケットに、グレーのデニムを合わせている。ニットの帽子を目深にかぶっている。

「へえ、こういう趣味だっけ?」

ペンギンの本をぱらぱらめくる手の指や、手首が細い。

端整な顔立ちで色が白い。一般的には美形と言われるのであろう大介は、梨江子の

高校時代からの友達で、それ以上でもそれ以下でもない。

せめてそこまで痩せていなければと、ふと見入ってしまう。

「そうだ、この間はありがとね。これ、ささやかなお礼」

「なに？」

「ただのチョコレートだけど、秋冬限定なんだって」

「気、遣わないで」

目が独特に澄んだように見える。少し色素が薄くて瞳がブラウンだからだ。秋晴れのような曇りのない瞳に見える。

この間、そう、梨江子は大介の部屋にはじめて泊まった。

駆け込んだに近かった。

亮司がちっとも電話をしてこなくなり、毎日毎日ただ待っているばかりで眠れなくなった。以前みたいに深夜に急に酔っぱらって部屋を訪ねて来るような気がして、玄関先でかちゃっと音がしただけで、目が冴《さ》えた。

そのままではとても眠れないような気がしたし、もう待つのが辛《つら》かった。辛いと素直に言える友達も他にはいなかった。

電話をして「泊めてくれる？」と、聞くと、「いいよ」と、そのときにもただひと言返事があった。

だからといって、スウェットを着た大介はただソファに毛布を用意してくれただけだ。朝には一緒にミューズリーに牛乳をかけて食べて、それぞれ出勤した。

「あんなんでいいなら、いつでもどうぞ」

秋晴れの色の目が、梨江子を覗き込む。

なぜ大介ではいけないのだろうと、梨江子はもう一度、そのぜい肉のない透き通ったような肌の色の顔を見る。

本が好きで、映画が好きで、同じ海辺の町の出身だ。酒を飲むなら二人でワイン一本くらいがちょうどよく、その後にはコーヒーを飲みたい、という嗜好《しこう》も似ている。

洋服の趣味も嫌いではない。

なのに、いつも好きになってしまう男は、自分や大介とは対照的な、肉厚な感じのする男だ。本や映画よりは、スノボやジェットスキーで遊ぶのが好き、またはクラブが好きで、これ見よがしにシャツの胸ボタンを開けて、香水をつけているような男ばかりを好きになる。血液が体内をぐるぐると駆け巡り、自分を高揚させるのを感じる。高まりが愛しくなってみたり、やはりさきほどのように、不毛な逆流を起こして空回りしてみたり。

「さあ、そろそろ出ようか？」

大介が、伝票をつかむ。

二人で会うときには、割り勘というのではなく、なんとなくどちらかが支払うのだが、大抵は大介が済ませてくれようとするので、時折梨江子がお礼のように夕食などをごちそうする。

大介の側の、本音も聞いてみたい気がしている。男と女が長年、ただの友達でいられる理由というのを、たまには話し合ってみたい。

「映画館、品川だったらさ、駅ビルの中にディーン＆デルーカが入ったから、そこで美味《おい》しそうなパンとシャンパンでも買ってさ、映画観《み》ながら食べるってのはどうかな」

「いいと思う、そのアイディア。私も一度行ってみたかったんだ」

「よし、じゃあ急ぐよ」

身長が百七十センチと決して大柄とは言えない大介が、当然のように梨江子の本まで抱えてレジに急ぐ。そんなに優しくされてすまないような気持ちと同時に、亮司に傷つけられた分をちょうど大介が埋めてくれているようにも感じる。

同じ田舎町から出てきて、そんな風に傷を舐《な》めあっているようなのが嫌なのだと感じることもある。大介の方だって、もしも他にいい女とのデートがあったら、週末に自分となどは過ごしたりはしないはずなのだから。

映画は、『サイドウェイ』という北カリフォルニアのワイン畑を旅して回る男たち二人のストーリーだった。

片方の男は、離婚した元の妻への思いを未《いま》だに引きずっている。もう一方の男は、もうじき結婚式をあげる予定になっている。結婚を前に、この旅で何人の女と寝られるかと企《たくら》んでいる。

対照的なそんな二人の男たちが、ワインについて話しながら、喧嘩《けんか》をしたり、罵《のの》しり合ったりして旅を進めていく。

映画館を出ると、すでに日が暮れて、外気も急に冷えていた。

それぞれシートでシャンパンの小瓶を一本ずつラッパ飲みしたかすかな酔いと心地よい火照りが、夜の風に冷やされていった。

「いい映画だったね」

「大人のロードムービーだよな」

大介はもっともらしいコメントをする。

映画館を出ると、国道に向かってなだらかな坂になっている。

劇場を出た人たちが、それぞれ街の灯《あか》りの中へと消えていく。

今日は先の予定は何も決めてはいないが、すでに映画を観ながら、サラダを挟み込んだどっしりと重たいパンを食べたせいもあり、梨江子はこのまま帰ってもいいかなという気になっている。

男と女は不思議だ。

ずっと同じ、つかず離れずの距離感で一緒にいるには限界がある。

もしも、横にいる相手が性を伴う相手だったら、おそらく梨江子は今この時点で心地よく相手にしなだれかかって歩いているだろう。

心地よかった、とか、シャンパンが美味しかった、という気持ちを共有したのだから、体が合わさりたい、せめて触れ合いたいと望むのを感じる。

女同士なら、触れ合っても仕方がないと割り切れるのだが、相手が男だと体は磁石のように惹《ひ》きつけられるはずなのに、そうなってはいけないような妙な緊張が走る。

それが疲れる。

「この後、予定あるの?」

大介は訊《たず》ねてきた。

「特に、ないけど」

「軽く、飲んで行こうか？　もう腹はいっぱいでしょう？」

「そうね」

やはり食も細いのである。もしもこれが亮司だったら、パンじゃ物足りないな、とか言って、ラーメンでも食べて行かないかと誘うのではないだろうか？　そもそもこの映画を選ばずに『スター・ウォーズ　エピソード3』だろうし、ディーン＆デルーカよりもマクドナルドにするだろう。

どんなことでも、やっぱり本当は大介とよりは亮司とが楽しいと梨江子は感じている。ツイード素材でミリタリー調の新しいコートは、今日はじめて着た。亮司には見てもらわぬうちに、本当に関係は終わりになるのかもしれない。ポケットの中の携帯電話をちらっと見るが、着信があった形跡はない。

「どこ行こうか？」

梨江子は、うん、とだけ返事をする。

「俺が決めていい？」

大介は国道へ降りて行くと、タクシーを拾った。

「銀座八丁目にお願いします」

「銀座？」

「好きなバーがあるんだ」

心が軽くショックを受けた。そんなに男っぽいことをする大介をはじめて見たような気がしたからだ。

タクシーの後部シートで、まさか大介が手など握ってきたらどうしようかと軽く身構えていたが、そんな気配はなかった。

国道十五号線を走って行く車の窓から、首にマフラーをぐるぐる巻きにして、急ぎ足で、地下鉄の駅に向かう女の子の姿が見える。手には、パン屋の袋がある。

あの子の夕飯なのかな、と想像すると、急に溢《あふ》れてくる思い出がある。

週末の夜になると、時折エアポケットに落ちたかのようにその記憶の中に落ちるのだ。

地元の短大を出て、東京の小さなアパレルの会社に就職した。子供の頃からファッション誌が大好きで、いつもページをめくって上京することを夢みていたが、アパレルとは名ばかりで、就職した先は、おばさんブランドの老舗だった。それでも、会社は原宿にあったし、意気揚々と上京したのだが、はじめの頃は週末になるのが怖かった。

まだ友達がおらず、お金もない身にとって、東京で過ごす週末はいかにも不安で心許《こころもと》ない。夕暮れになると、弁当や調理パンのようなものを買って家に帰った。早く朝になって会社が始まらないかなと思ったものだ。

「あの頃、どうして大ちゃんと会ってなかったんだっけな」と、イルミネーションの流れる窓の外を見ながら、ひとりごちる。

「あの頃って?」

「ううん、なんでもない。ねえ、二人で銀座なんか行くの、はじめてだね」

今度は大介が答えない。窓の外を見ている。


地下へ降りていくバーで、二人はそれぞれワインを二杯ずつ飲んだ。カウンターの向こうには、バーテンダーが三人、静かにグラスを磨きながら立っている。注がれたワイングラスに天井からの照明があたる。

「映画ですか、いいですね」

大介が『サイドウェイ』の話をすると、ほどよく話を合わせてくる。

だが、梨江子には、ただの大人ごっこにも見えてしまう。大ちゃん、私たちは共にまだ二十六歳で、給料だって高が知れていて、田舎町の出身なんだよと言いたくなる。

外へ出ると、二人で四丁目の地下鉄の駅に向かって歩いた。

「いいバーだったね」

梨江子がそう言うと、大介は屈託なく喜んでいる。

「なんか、神々しいなってさ、はじめてあの店に行ったとき、喜多村さんがシェーカーを振るところを見て思ったね」と、バーテンダーの名を口にする。

宝石店、一流ファッションブランドの店、菓子の老舗、化粧品店、呉服店とこの銀座通りには絶対に席を譲らないとばかりに店が立ち並んでいる。すでにシャッターの閉まった店の前に、時折机と椅子を出して、占い師が座っているのが目に入った。

「ねえ」と、梨江子が指をさしかけると、

「酔っぱらい相手の適当な商売だよなあ」

大介は、いきなりそう言った。

そうなのだろうかと、梨江子は足を止めた。だったら、どうだというのだろうか。

酔っぱらい相手に酒を出すバーテンダーは神々しくて、占い師は見下される存在なのだろうか。

指や腕が細すぎるからだけではなくて、食が細いからでもなくて、大介のそんなところが物足りないのだと思った。動物としての知恵の少ない、生きる勢いに乏しい者に見えるのだった。まるで自分自身を鏡に映しているかのように。

「大ちゃん、手相を見てもらおう。夫婦だってことにして」

「いやだよ、俺は」

「いいの、行くよ。私の奢《おご》り」

大介の手を引いて、手相見の前に座る。自分は酔っているのかもしれないと、思う。だが、手相見の彼らこそ、酔っぱらいには慣れているだろう。体が揺れる梨江子をなんの頓着《とんちゃく》もなく見てくれる。

「夫婦ですから」

そう言って、大介の手と二人分の手を出すと、すだれ頭の占い師は、ペンライトで梨江子の手を照らした。

「この人は、頑固ね。そうね、この太い線があるでしょ」と、手にボールペンで線を引き、文字まで書き始める。「本当は商才があるな。ご主人、この奥さんね、家に閉じ込めたりしちゃもったいない人ですよ。あれ、性豪でもあるな。心配か。結婚は、えー？　ほんと、もうしちゃったの？　ずいぶん年増になってからになってますけどね。案外もう年増なのかな？　昭和何年生まれ？」

梨江子は楽しいと思った。今日はじめて、声を出して笑った。必要以上に笑ったかもしれない。その分心が緩み、隙間ができて風が入り込んだように思えた。

「え、え、じゃあ、亮司のは」と、思わずここにはいない男の名を口にしたとき、手を出していた夫役の大介は、笑おうとしていた顔を歪《ゆが》めた。

「さすがだ」と、大介は、横にいる梨江子を見もせずに、その彫刻のように整った顔立ちをまっすぐに占い師に向けた。「僕らが夫婦だなんて、嘘なんですよ。よくおわかりで」

「やっぱりね。あ、でもあんたの方はもうじき結婚しそうだな、ほらここがね」

　彼がその後で何を言われていたかは耳に入らなかった。ただ梨江子はとても大切なものを、友情すらも今、冬休みを前に壊してしまったような気がしていた。

　二人分の見料を二千円、梨江子が財布から出すと、それぞれコートの襟《えり》を立てて銀座駅に向かった。

欅通《けやきどお》りのカフェ・テラス

雨があがった空に、澄み渡った空気が広がっていた。この欅並木《けやきなみき》に向かって、はり出すように伸びたカフェのテラス席からは、ちょうど空にかかった虹が見えた。かすかに湿り気を帯びた空気は、ノースリーブのブラウスを着た川島通子《みちこ》の肌にも、どこか優しい。

今日は心地が良い一日だと通子が思うのは、やはりあの、ひとり相撲のようだった恋愛への執着をようやく断ち切ることができたからなのかもしれない。

「あなたは、本当にきれいになった。羨ましいな」と、向かい合ってカフェ・オレを飲んでいる中島鈴《りん》に言う。

女子校の頃からの同級生で、月に一度はこうして一緒にランチを取る。お互いに仕事や用事で忙しくても、恋人ができようとも、毎月最終日曜日のランチだけは、どちらもすっぽかさずにきた。それぞれが約束を破ったのは、通子の父親が心臓の発作を起こして倒れたときと、鈴が急性盲腸炎で入院したときくらいだったのではないだろうか。そのいずれのときにしろ、互いはすぐに、それぞれの元へと見舞いに駆けつけた。

女子校といえども進学校だった。

二人は、様々な意味で好敵手だった。

同じように国立の、O女子大に進んだ。だがその後、鈴は就職もせずに知人の子供たちの家庭教師をし始めた。

鈴の父親は都内の有名な大病院の院長で、娘を働かせることには反対だった。

「仕事なんかはじめたら、私は一生嫁になんかいかないんじゃないかって思っているみたい。ある意味では私の性格をよく知っているの」と、本当はどこか勝ち気なところのあるはずの鈴が、静かな口調で言う。

今は忙しい建築士の卵になった通子の日々とは対照的に、お洒落《しゃれ》をしたり、稽古ごとをしたりという時間を過ごしているからなのだろう。

「肌の手入れとかが、違うのかな。ほんと、今日は一段ときれい」と、通子が褒めると、鈴は目を細めた。

今日はタイトな黒のジャケットの下に、白のVネックのカットソー、細身のジーンズに、少しラインストーンのついたサンダルをはいている。顎《あご》までの、柔らかい髪の毛の毛先を耳にかけると、微笑《ほほえ》んだ。耳元には、小さなプラチナのピアスが光っている。

「そんなんじゃないの。ただね、よかったら今日、通子に紹介したい人がいるの。この後、少しでいいから会ってくれない?」と、鈴は突然、口にした。

「そうか、恋人ができたんだ!」

「まあね、親同士が決めていたようなものなんだけど、一応、婚約者ってことなのかな」と、鈴は続けた。

通子は、鈴はその男に恋をしているのだと思った。恋をして、恋されている。内面から輝いている。肌が透き通るように輝き、目が潤み、全身で幸せを表している、そんな風に見えた。

「そうか、鈴が一番乗りね。うちのクラスでは」と、口にしながら、通子は素直におめでとう、と続けた。

婚約や結婚をするよりも、恋をしてきれいになる方が、今の通子にはまだ登りきれない一つのステップのように思えた。

つい先月までは、恋人がいた。恋人といっても、同じ建築の世界の先輩にあたる人気設計士で、恋愛だなどと呼べる段階に入る前に、彼の方から去られたのだった。

いつも、ラフなスーツを着て、客からも、仕事仲間からも引っ張りだこの男だった。はじめて、男の仕事のサポートについた通子を見つめるなり、少年のような目をして、「困ったな、すべてタイプだよ」と、口にしてきた。「入り口の方から、とても好きな声が耳に入ってきて、振り返ったら、想像以上にきれいな女の子が立っていたよ。いや、こんなことを口にしている時点で、もう恋に落ちているんだろうね」と、照れ笑いしながら大袈裟《おおげさ》に左胸を押えた。

はじめは男が積極的だった。通子の掠《かす》れた声はよく電話口などでも褒められるので、男にそう言われても、お世辞とも思わなかった。食事に、酒にと誘われた。遅くなると、必ずその高級車で紳士的に家まで送ってくれたし、出張に同行させたいと、通子の会社の上司にわざわざ頼みに来てくれた。「僕は恋をしているつもりなんですけど、川島さんの方は、こんな年寄りはまったく相手にしてくれませんので、ご安心を」と、ふざけて言ったりもした。

皆の前で公明正大に恋を口にした男が楽しかったのは、だが、そこまでだったようだ。

ついに、ひとりの生身の女として男の腕の中に落ちた通子は、退屈だったのか、味気なかったのか、そこからは、なかなか電話にも出てもらえない、メールの返信ももらえない、約束すらすっぽかされる、惨めな存在になった。

いや、忙しい男なのだから、相手は以前からそんな風だったのかもしれないが、通子は急に男を追いかけてしまった。

先月末には、鈴に、そんな日々の心境をどん底の顔で嘆いていた。眠れずに目の下に隈《くま》を作り、肌も荒れて、痩せ細った通子は、鈴を前にようやく、「もうやめるわ」と、口にした。

鈴の方は、すでに始まっていたはずの自分の恋を、言い出せなかったのだろう。

「ごめんね、通子は終わったばかりなのに」と、今も遠慮がちに言う鈴が、自分を覗《のぞ》き見る顔はあまりに澄んで美しくて、通子は涙が出そうになった。

「謝ったりしないで。大丈夫、もう立ち直りつつあるの。早いのよ。だってまだ若いんだもの」と、通子はおどけてみせる。

男の腕の中に落ちてしまったことに、後悔はしていない。

彼がいつものように、車で自宅まで送ろうと言ってくれたとき、通子は自分の方から誘った。

「今日は帰らなくてもいいんです。あなたさえよければ」と、助手席で囁《ささや》いた。

た。

「本当に?」

「嘘《うそ》なんか、ついたことありますか?」

何も言わずにハンドルを握る男の体温が上昇したかに感じられた。熱が伝わってきた。

革シートの助手席で、心地よい陶酔に浸っていた。今が一番包まれている。男から自分へこんなに、自分への思いをたぎらせてもらったことがあったろうか。

男の車が新宿にある高層のホテルに入った。重厚な作りのベッドや調度品が並んだ部屋だった。そこでジャケットを脱ぐと、男はシルクのシャツの衣擦《きぬず》れの音を立てながら、すぐにとても優雅に通子の細い体を抱き寄せた。少し煙草《タバコ》の煙の混じったような、体臭と香水の混じったような匂いがして、この人はひどく大人なのだと通子に思わせた。それまで出会った誰より大人で手慣れている。これから自分をどんな風に愛《いと》おしんで、成長させてくれるのかと考えると、通子の胸が高鳴った。

だが、その瞬間がピークだったような気がしている。そこからは、後ろ姿を追いかける一方だった。

でも、後悔はしていない。あのままずっと皆の前でからかわれるかのように、恋をしているのだと言い続けられるのを楽しんでいる自分など、好みではなかった。

唯一悔いがあるとするならば、そんな大人の男の遊びにだって、もっとうまく太刀打ちする方法があったのではないかということなのだった。

男の熱をずっと失わせずに、自分に惹《ひ》きつけておく方法があったのではないか。たとえば、目の前にいる鈴だったら。自分のように追いかけ過ぎたりしないで、ずっと楚々《そそ》として、そうして美しくいられたのではないか、と。

「ねえ鈴、立ち入った質問をしていい？」

「通子にはなんでも。どうぞ」と、彼女は細い指でカフェ・オレ・ボールを包み込むように持つ。その左手の薬指に、きれいなダイヤモンドのついた指輪が光っている。ごめんね、鈴、そんなジュエリーの存在にも気付かなかったわ、と通子は思う。でも、指輪に気付かないほど、今日のあなたはきれいなのよという思いを視線に込める。

「それで、質問は何？」と、鈴が微笑む。

「うん、なんていうか、はじめて結ばれた日は、そうね、たとえばあなたなら家に帰りますか？　帰りませんか？」

通子はその日、帰らなかった。ホテルの部屋に一緒に、当然泊まるものなのだと思い込んでいた。だが、男は本当は帰るつもりでいたらしかった。一度着かけたシャツを慌ててハンガーにかけると、白いバスローブを羽織り、通子の肩を抱いて、強いお酒を飲み始めた。

「枕が変るとなかなか寝つけないたちでね。俺は結構そんな男なんだよ」と、肩をすくめた。

その晩はベッドに横たわりながら色々話をしたが、目が覚めるとすでに姿はなく、書き置きだけがあった。

〈寝顔も可愛《かわい》いね。また連絡します〉と。

「通子、驚かないで。でも私、まだ彼とはね、実はそうなっていないの」と、鈴は告げた。

「嘘でしょ！」と、通子は顔を寄せる。

「ほんとうなの。だってどうせ結婚するんだから、楽しみは先延ばしにしようかなと思って」と、鈴は今どき考えられないことを頬を赤く染めながら言った。

鈴がバージンなどではないのは、通子は知っている。そう多くはないが、過去に二人ほど、そんな相手がいたはずだ。当時の通子のボーイフレンドと男女四人で、それぞれの親には口裏を合わせて、湘南の民宿に泊まったこともある。

「どうしよう。生理の血が、シーツにたくさんついて困っちゃった」と、鈴が翌朝素顔の下唇を噛《か》みながら、現れた。

女子校で育った女同士なのだ。ある意味ではそんなあけすけな部分を共有しているから成り立っている友情であるとも言える。

「大丈夫なの？　鈴」と、通子は今こわごわ彼女を覗き込むが、

「私だってそうウブじゃないから、なんていうのかな、もうだいたいの感触は確かめてあるわ。キスもうまいし、その部分が特別変ってるわけでもないみたい」と、鈴は口にして顔を赤らめた。

今がピークなのだと通子は少し意地悪かもしれないことを思った。

思いを焦がされているピークに鈴がいて、その思いに包まれているがゆえに、美しさのピークにある。

「がんばれ、鈴。ずっと大切にされるようにね」

鈴は、片目を瞑《つぶ》る。

「会っていってくれるでしょ？　彼に」

通子は、頷《うなず》いた。


信じられないような思いだった。

通子は、鈴の隣に座っている男の顔に見入った。少しムーミンに似た垂れ目の顔だ。

上品な顔だとも言える。

「何か?」と、口にしたので、

「いえ、ただ」

「あー、そうか、みっちゃんなんだ!」と、男は言った。

「そうでしょう、やっぱり、大ちゃんよ」と、通子も口にした。

鈴は、啞然《あぜん》とした様子で、二人の顔を交互に見ていた。

女たちはすでに、銀座のフレンチのレストランに席を移していた。

通子はノースリーブのブラウスの上に、バッグに入れてあった薄手の黒のカーディガンを羽織った。タフタ素材の膝丈のスカートは、紺色で張りと光沢がある。それに、エナメル素材のつま先の出るパンプスをはいている。夜のレストランでもなんとか様になる格好だ。

大ちゃんは、紺色のスーツにストライプのシャツを着ている。よく日に焼けた顔が笑った表情は、五歳のときから何も変ってはいなかった。

「やだ、知り合いなの?」と言う鈴に、通子は頷く。

「そうなの、私が子供の頃に通っていた教会の活動で、一緒にキャンプをした、はじめての男の子よ。あなたに話したことがなかったかしら」

「そう、僕がはじめて恋をした相手だった。いや、本当さ。みっちゃんって名前だったって、言ったことがなかったかな。といっても、当時僕はまだほんの鼻垂れ小僧だったけどね」

「私だって、真っ黒の野生児だったわ。その後引っ越しをしてしまったから、教会も変ったの」

「ミチコさん、ミチコさんて君が言うのが、まさかこのみっちゃんだったなんて、驚きだよ」と、大ちゃんは言った。

「えーっと、大ちゃんの本名は……」と、通子が眉根を寄せて思い返そうとすると、

「吉野大作さんよ」と鈴は改めて紹介し直した。「私の婚約者です」

その大ちゃんが、今ではこうして立派な青年になって鈴の父親にも認められて、彼女を美しくさせているだなんて考えると、通子には感慨深く、それだけ月日が流れたのを知るのだった。

「大作さんは、J大の山岳部だったの。うちのパパもそこのOBで、二人は話が合うらしいわ」

「そうか、登山家なのね」と言う通子に、

「今年はドルジェ・ラクパ峰に登頂したのよ。成功して帰ってきたら、僕と結婚して

下さいっていうのがプロポーズだったの」

本人に代わって婚約者をそう紹介する鈴の横で、大作は大きな体を所在なさそうにして照れ笑いをしている。やがて笑みがごく自然に去って、ただ熱い視線ばかりを鈴に残す。

おめでとう鈴、と改めて思う。大ちゃんならきっと、間違いなくあなたを幸せにしてくれる、と、通子も視線を送る。そうしてもうじき花嫁になる鈴を、友人としての羨望の視線で包む。

今がピーク、でも、あなたのピークは尖《とが》った槍《やり》のようにはならないから心配しないで、という気持ちと同時に、そんなに着々と進行していた鈴の婚約にまったく気付かずに今日まで過ごしていた自分の腑甲斐無《ふがいな》さを悔いる。

自分の仕事と、恋のことだけで精一杯だった。思えばここのところ鈴にはいつも、愚痴めいた近況ばかり聞いてもらっていたのかもしれない。

「山登りの話を聞かせて」と、通子は身を乗り出す。「一体、どのくらい訓練するものなの？」

「僕らは、ドルジェ・ラクパのときには、冬の富士山でキャンプを張った。冬の富士山なら五合目でも、十分訓練になる。どの山でも基本的には同じでね。アイスバーンの上を歩けるか、寒さに耐えられるか。高度順応ってやつは、行ってみなくてはわからないようなところがあってね、鍛える部分は同じなんだ」

「すごいな、子供の頃の夢の通りね。大ちゃん、その頃から冒険家に憧れていたもんね」

大作は、つぶらな瞳を輝かせて、通子に笑いかける。

「あのスカイラインを、みっちゃんにも見せてあげたかったな。空に吸い込まれていくような気がしたよ。子供の頃、よく並んで寝そべって、空を見上げて遊んだろう？」

「憶《おぼ》えてる。建築中の家の敷地内にこっそり入っていったこともあったわね」

「高度が五千、六千と上がっていくとね、空がとても近い。やっぱりそう感じる。そんなところにもコンドルが優雅に飛んでいたりするんだけどね、その青い空の向こうに、もう一つ僕らの世界があって、向こうからまた別の誰かが僕らのことを見ているような気がしたよ」と、話す大作を、頼もしげに鈴は見上げる。

「嬉《うれ》しいな、二人が結婚するなんて」と、通子は両手を胸の辺りに組んだ。

「改めて、おめでとう」と、シャンパンの入ったグラスを持ち上げると、それぞれのグラスの中で、気泡がまた静かに底から立ちのぼっていった。

翌月と、翌々月は、鈴の方から最終日曜日の約束が破られた。結婚のための準備が佳境に入っているからだと丁寧に葉書が来た。寂しいのは確かだったが、これから鈴と大作が作る家庭への夢が通子の中でも膨らみ始めていた。

通子の方でも仕事が忙しく、葉書の返信をした。〈結婚式には、万難を排してうかがいますので、それまでお互いにがんばりましょう〉と、書いた。

こうやって、これまでずっと続いてきた二人の約束はしだいに薄れていくのかもしれないと通子は思った。寂しくはあるが、それも仕方がない。女同士なのだ、この先互いに家庭を持ち、子供が生まれる。そうした日々の変化を互いに見守っていくための方法は、何も毎月カフェで会っていることばかりでもないはずだ。

鈴に久しぶりに会えたのは、三ヶ月後の最終日曜日だった。

いつものテラス席に現れた鈴は、心無しか少しやつれて見えた。

「そんなに、忙しいの？」と、問いかける通子に、鈴は答えた。

「もうだめかもしれない」

ショートボブだった彼女の髪の毛が、今は肩の辺りまできれいにまっすぐに落ちている。

「髪も伸ばしているのね、きっと素敵なアップスタイルができるわね」と、その毛先に指をかけようとすると、鈴が通子の指に自分の手をかけた。

「あなたなの」

「何が？」と、通子は鈴の目を覗いた。

「大作さんの初恋の相手で、ずっと彼の心の中にあるのは、あなたなのよ」鈴の瞳が落ち着かなく揺れていた。「大作さんの初恋の人の名がみっちゃんという人であるのはずっと知っていた。あるとき、それが川島通子、つまりあなたと同じ名前の人であるということがわかった。私、あなたに紹介するのがずっと怖かった。そして、予感は適中した。大作さんは、今もあなたが好きなのかもしれない」

通子は鈴の手から自分の指を離した。

「ありえないわ」

「なぜ？」

「だって……ねえ、鈴、一つ聞いていい？　大作さんに、抱かれた？　結ばれたのね？」

彼女は、目も上げずに首をこくりと落とした。

「鈴、おめでとう。あなたもついに恋してしまったのよ。大作さんに本当に恋してしまったの」

「そんな風にからかわれたくないわ。ねえ、通子は、本当に私から大作さんを奪ったりしない？」

通子は苦笑しながら指を一本立てた。

「彼が、私の知っているあの大ちゃんなのだったら、あなたをこれ以上不安にしたりしないわ。きっと大丈夫」

鈴が、雨に濡《ぬ》れた子犬のような顔で通子を見た。目の前の女友達を許そうと思った。親友でありながら、そんな風に長い間、自分の胸の内を秘密にしていたことを。そして、そんな理由で長年の約束を破ったことも。

通子はトイレに立つと、ハンドバッグから携帯電話を取り出し、先日受け取った大作の名刺の、仕事先の大学の研究室にコールした。

本人が電話口に出た。

「通子です。みっちゃんよ」

「ああ、この間は」と、微《かす》かに華やいだ声を出した大作が、自分に対して幼馴染《おさなじ》みへの郷愁以上のほんの一滴の幻想を、今なお抱いてくれているというのは本当なのかもしれないと通子は思った。だがそれは、男なら、みんなが持っているような幻想だったはずだ。その幻想が、目の前に、神様の悪戯《いたずら》であるようなストーリーに乗せられ現れたのだ。喜んでくれて当然だった。

だからこそ、私たちはこれから共犯者のように時折アイコンタクトを送りながら、世にも美しい花嫁を支えていかねばならない。

「欅通りのカフェに、鈴がひとりで座っているわ。ちゃんと迎えに来てあげて。彼女、少しマリッジブルーよ」

「みっちゃん?」

大作が何を言おうとしているのか、わかる気がした。

「五歳で誓いあった結婚の約束を破棄したからって、誰も怒らないから、大丈夫」

「約束なんて、したんだったかい?」

「したわ。でもいいの、親友が叶《かな》えてくれるなら」

短い沈黙の後で、大作は言った。

「今すぐ出るよ。バイクに乗って、それでも十五分くらいはかかるけど。すぐに行きますから、鈴をよろしく」という彼の足音が、電話の向こうから聞こえてきた。
通子は、カフェに差し込む光を浴びた女友達の、横顔の清潔な線に改めて見入った。

雨宿《あまやどり》の白い花

りました。
〈雨宿《あまやどり》〉という名前のついた白い花が咲く桜の樹《き》の下で、私たちは今年の写真を撮

ほの白く、薄紅の色の名残りをほんの微《かす》かにだけ感じさせる、妙に艶《なまめ》かしく見える、そんな花でしたね。

あなたと私が互いにシャッターを押し合っている姿を見た通りすがりの人が、「よければ押して差し上げますよ」と言ってくれたので、フィルムに収められた今年の写真の中には、二人で並んで写っているものもありました。どちらも、ぎこちない表情をして立っている。あなたは生成り色の麻のスーツを着て、私はグレーのワンピースを着ている。

「新婚さんですか?」と、写してくれた人が聞き、

「いいえ」と、静かに答えたあなたの声を、私は今もよく憶《おぼ》えています。

「いいえ、違いますよ」と、重ねたその声は、笑っているようでも、そう答えるまでの間を惜しんでいるようでもあった。はい、と答えるわけにはいかない二人の関係を、あなたのその返事が、静かに伝えているように、私は感じていたのかもしれません。

「〈雨宿、アマヤドリ〉だなんて、桜の名前じゃないみたいね」と、後で入ったカフェ・テラスで、運ばれてきたココアを飲みながら私が言うと、

「そうだね」と、やはりあなたは静かな声で言いました。「大島桜っていう、やっぱり白い花をつける桜があって、その葉が大きいそうだよ。桜餅《さくらもち》の葉は、それを塩漬けにして用いる。〈雨宿〉の品種のルーツはその大島桜だから、花も白いし、葉も大きい。花があたかも葉かげに隠れて雨をよけているように見えるから、そんな名がついたって、説明書きには、そう書いてあった」

「私も読んだわ」

私はふっと指先をあなたに向かって伸ばす。でもあなたはどんなときにも、私と手を重ねてくることはない。肩を触れあうことも、指を絡めることもなく、向かい合って座る私の目や鼻先や口元に、ただじっと見入る。毎年、春になるとそんな時間がやって来ます。

「今も毎日、自転車に乗っているの？」と、あなたが聞いた。

よく陽《ひ》のあたるカフェ・テラスでした。あなたはジャケットを脱いで、頼んだアイスティを一気に飲み干したのに、私はなんだか体が震えるように感じ、カップに入ったココアを両手で持ちました。

「寒いの?」と問われ、私は頷《うなず》きながら、「でも、去年までとは少し違うのよ」と答えた。自転車のことを答えたつもりだったのに、あなたは勘違いをしたのかな。去年と違って寒いのよ、という意味に聞こえたのでしょうか? もうそれ以上は訊《たず》ねてくれませんでした。なので、改めて書いておきたい。

私が、久が原《くがはら》にある家から品川にあるオフィスまで、自転車で通勤していたのは知っていますね? 去年の春までは、ずっとそうだった。満員電車で知らない人に触れられることも、電車を待つ必要もなく、会社に通えた。ちょうど四十分ほどで着く距離も絶妙に感じられていました。あなたが去年の今頃、こんな風に言うまでは。

「すずちゃん、少し肌を焼き過ぎだよ」と。

その視線が、とても痛かったから。

だから私は、自転車通勤をやめて、電車に乗って通うようになったのです。

ただ、それで持て余すようになったのが、体の中に宿る熱のようなくすぶりでした。毎日、往復で一時間以上も自転車を漕《こ》いでいた私は、それで二十八歳の女の熱をうまく放散していたのでしょうね。急に、よく眠れなくなった。何かうつらうつらする浅い眠りの時間に、おかしな夢を見る。あなたが、いつも突然、姿を変えて現れる。銀色のマントを着ていたり、女の子のようにスカートをはいて現れたこともあります。

私は、それまでより一時間ほど早起きすることに決めました。まだ太陽が昇りきらないうちに自転車を漕ぎだし、多摩川の河川敷へと、一周して家に戻る。それからシャワーを浴びて、会社へ。ちょうど私から、要らない分の熱は引いていき、何かすっきりとした女、というよりは一つの生き物として、一日を過ごせるようになったのかもしれません。

「すずちゃんは、スタイルがいいんだな。全然太らないのは、自転車のせいかな」と、今年のあなたは、去年とは打って変って目を細めて私を見つめてくれました。まるで、眩《まぶ》しい物でも眺めるように。

その目に宿った熱に、私は一年の自分の日々が救われたように感じた。

「あなたは毎日、どうしてた？」

あなたが一瞬、俯《うつむ》きかける。長い睫《まつげ》をしばたたかせる。

「僕の方は、何も変らないよ。昼近くなって起き出し、朝刊を読み、学校へ行き、授業をする。授業が終わると、少し飲む日もある。朝方近くなって眠る。そのとき、すずちゃんをいつも思い浮かべる」

あなたが夜学の教師に転任になって、もう三度目の春を迎えますね。転任が決まったときにあなたが言った台詞《せりふ》をまだ憶えている。「ちょうどよかったんだ。その方が居心地がいいっていうか、座りがいい。そんな気がしているんだ」

その言葉の中に、私が存在しているのを感じていた。

あなたは私が原因で、日の陰った時間を過ごして行くとでも決めたのでしょうか。そんなの、はじめから、あなたの資質なんだわ、と、私は言うべきだったのかもしれません。不愉快だった。それで、ちょっと意地悪が言いたくなった。

「三年もつかしら。あなたがいつか、逃げ出すような気がするわ」と、私は言った。

国立大学を出て、大学院に進み、横浜の有名な進学校の教師になったあなたが、急に夜学へと転任になったのは、生徒の前で恋愛論を話したから、だったのでしたね。

——人の道に外れることが、恋愛なんだよ。愛をもって逸脱してしまう狂気こそが、恋愛なんだ。君たちのお父さんやお母さんが、どれほどの恋愛をしたか、想像するのも僕には退屈だね。ましてや君たちの恋の悩みなんて、どれもこれも退屈だ——。

あなたはなぜ、そんな不用意な台詞を口にしたのでしょう。父母たちの間で話題になり、小さな週刊誌ネタにまでなってしまった。

やけになっていたの？　それとも、毒を吐いて誰かとつながりたかったのですか？

その台詞の中にも、やはり私という存在はあったのでしょうか？

私にはわからない。

どうあれ、三度目の春を迎えても、あなたが変らず学校では授業を続け、眠る前には私のことを思い浮かべると話してくれることが、私には誇りのようにも思えました。

人の道に外れる――二人の関係を、私は決してそうとも捉えていない。

あなたが、誰の夫であろうとも、あなたはあなたなのです。誰のものでもない。

または、あなたは私の双子の姉という、まるで同じ遺伝子を持った女と結ばれた。もうひとりの私に恋をして当然だとも言えるのかもしれない。

なのに、ある意味ではあなたは逃げ続けている。私との関係が深まることから、ずっと逃げている。

そして触れもせずに、毎年毎年、たった一度きりのデートだけを引き受けて、そうして煮えたぎるような目で私を見るのです。

その眼差《まなざ》しだけが虫ピンとなって、私の肉体を標本のように突き刺している。

私は、あなたの目に磨かれていきたい。毎年毎年じっと見つめられるその時間のために、美しくありたい。

もうずいぶん奔放に生きたのですから、私は今はその一瞬の喜びのために生きてみたいのです。一瞬を永遠にしてみたいのです。

どうですか？ まったく同じ遺伝子を持つはずの姉と私は、対照的な生き方をしているとは思いませんか？ それがあなたを興奮させるのですか？ わずか数分違いで生まれた双子の姉と私は、今この瞬間どちらが美しくあなたには映るのですか？


休日の銀座は、賑《にぎ》わっていました。

人込みをかき分けるように、長身のあなたは赤いワンピースを着ていた私に近付いてきた。

「里美？ こんなところで何をしているの？」

思えば、あの日のささやかな間違いがなければ、あなたは「人の道に外れる」こともなかったのかもしれませんね。はじめてあなたの熱に触れた瞬間でもあった。

私は銀座でボーイフレンドとウィンドウショッピングをしていました。ちょうど夏を前に、歩行者天国が賑わっていた休日だった。宝石店の店先に飾ってあった真珠の首飾りを、医大生だという連れの男が私のために見ていた。

「買ってあげたいんだ」と耳元で囁《ささや》く男に、若かった私は、腕を絡ませて遊んでいました。

「里美、おい」と、それをあなたは、私の腕を摑《つか》んで引き寄せた。振り返ると、眉間に皺《しわ》を寄せたあなたがいて、目の中にめらめらと燃える炎が見えた気がしました。

私は一瞬、もっと遊んでみたくなりました。

「ごめんなさい、あなた」と、そう言ってみました。少しおどおどした声色は、きっと姉とよく似ていたはずです。何しろ同じ遺伝子を共有しているのですから。

「夫なのよ」と、私が数週間前に知り合ったばかりの医大生に紹介すると、彼は捨て台詞を吐いてそそくさと帰って行きました。

あなたは、その時点でも私を、まだ姉の里美だと思っていた。

「あーあ、ネックレスを買ってもらい損ねちゃった」という私にも、なお気がつかなかった。そのときかな、私はあなたと姉という、一見、誰の目にも理想的とされたはずの夫婦がすでに危ういのだなと気がついたのは。

「嘘《うそ》でしょう？　お義兄《にい》さん。私、美鈴の方よ」と、あなたの胸を指でつついた。

あなたは狐《きつね》につままれたような顔をして立っていましたね。

「本当に、美鈴ちゃんなの？」

私は腰を曲げて笑い続けましたね。銀座のど真ん中で、ずっと笑っていた。背が高くて、色が浅黒く、掠《かす》れた声で話すあなたが困ったような顔をして立っているのは、なんだか妙に絵になっていました。

その日のうちに、私たちは急速に親しくなりました。

一緒にしゃぶしゃぶを食べた。お詫《わ》びにと言って、あなたが、ごちそうしてくれました。

食事を終えてもなんだか離れがたくて、一緒にホテルのバーにも行きました。

その頃の私は、とても不健康な生活をしていた。いつもそうして外でくたくたになるまで遊んで、そのまま誰かのベッドに転がるように眠っていました。出会ったばかりの男の部屋にいることもあれば、女友達の部屋だったこともあります。

思えば、姉と同じ遺伝子を持つはずの私は、中学生の頃からひとりだけ、まるで奔放だった。姉は、放課後は部活動もせずに帰宅するのに、私は不良仲間と一緒に街に繰り出しては、夜遅くに帰宅していました。性の経験もうんと早かった。

そのホテルのバーへ入ったのは、はじめてでした。

カクテル光線って、本当にそんなにきれいだなんて、知らずにいました。市松模様のコースターにのってカクテルが出てきた。光が反射して、あちらこちらに飛び散るのだけれど、それはまるで私のそれまでの日々のようにも思えました。いつもただ、私を取り巻く世界のどこかだけがきらきらしている。私はただ、それを目で追いかけているだけ。

「あんなに焼きもちを焼くだなんて、お義兄さんは里美を、よほど愛しているのね」と、私は言った。

あなたは答えなかった。

「本当によく似ていて、驚いたよ。結婚式のときには、一卵性の双子と言っても、ずいぶん違うものだなって思っていたけどね」と、あなたは言った。

私はわざとあなたの腕に自分の腕を滑り込ませてみました。

そのとき、驚いた。

その居心地の良さに。あなたの隣に座って、触れて、その体の隙間のどこかに自分の一部を埋めているのが、こんなに快適なのかと驚いた。もっとそばに寄って、触れて、匂いを嗅ぎたくなった。急に自分が動物になったように感じました。そしてそれが、あなたという人が、私の姉という、まるで同じ遺伝子を持った女と結ばれていることの証《あかし》のようにも思えたものです。

私はその思いに混乱するうち、すっかり酔ってしまった。

あなたに、部屋まで送ってもらった。泣きわめくようにして、あなたに部屋に居てもらった。

あなたは、なぜかそのとき姉に電話をしなかった。

あなたは私を抱いた。

それが、ただ一度きりの、二人の性の時間になった。

あなたも酔っていた。

ずいぶん上擦《うわず》って、私をとても乱暴に扱った。

いいえ、本当はよく憶えてはいないのです。私はとても酔っていて、そんなときに誰かに抱かれることにも慣れていた。

なのに、ぼんやりと薄れていく意識の中で、私があなたの体の隅々に夢中になっていたのは、あなたがすでに私に夢中になっていたからだったと言っては背負《しょ》っていますか？

ずいぶん簡単なことだった、とも言えます。

もしその瞬間をさして、あなたが「人の道に外れた」と呼ぶのなら、そうしていとも簡単に、私たちを取り巻く世界の時空が歪《ゆが》んだのです。

姉から電話が来たのは、それから三ヶ月ほど経《た》ってのことでした。

「すずちゃん、ちょっと会える?」と、姉は例の少しおどおどした口調で言いました。私は出かけた。姉と二人で会うのなんて、子供の頃以来だったような気がしています。双子がみんな、始終仲が良いなんてことはないのです。

休日に、姉の方が品川の駅前のホテルまで来てくれました。

「あなたなの?」と、姉はずいぶんストレートに聞きました。「勇さんと会った?」

私は頷きました。ただ頷いて、姉の様子を窺《うかが》っていました。

会ったのは、たった一度だけ、あの晩だけのことでした。その翌日、あなたは電話をくれて、私に謝りました。「どうかしていた」と、ありふれた言葉で私を落胆させました。

だから本当だったら、私は会っていないとしらを切り通すこともできたのでしょうね。でも、それはできなかった。

そんなとき、私は双子なのだと感じます。姉に嘘はつけない。

姉は気付いているはずだとも思いました。私がすでに、姉の夫のその不安定な心に、そして肉体の隅々に恋してしまっていることを。

「すずちゃん、いつか、こんな日が来るような気がしていたわ」と、里美は言いました。「これからも、勇さんにずっと会うつもり?」

なぜ姉は知ったのか？　あなたが何を話してしまったのか？　それは後になって、あなたから直接聞きましたね。銀座で偶然に私に会ったと話したら、姉は一瞬にして顔を強《こわ》ばらせた、と。おそらくすべてを理解したようだ、と。

私は、姉に返事ができなかった。姉がこうしてわざわざ訪ねて来さえしなければ、時間という薬がその色をどんどん薄れさせていったのかもしれなかったのです。私たちは、ただ酔っていたのだ、と。

姉が目蓋《まぶた》を伏せた横顔が美しかった。頬の線が清らかなのは、同じように受け取ったはずの顔を、ただその彼女の誠実な感情で包み込んでいるからなのだと私は思いました。青ざめたような顔ではあっても、肌は透き通ってきれいだった。私のように、生活が乱れていない印のようにも思えました。

「会いたいけど、里美は自分の男だって言いたいんでしょ。夫なのだもの、当たり前か」

彼女は頷きもしなければ、首を横にも振りませんでした。

「身が引きちぎられそうな思いだわ」と、里美は震えながら言いました。「なのに」と、言って彼女は言い淀《よど》みました。「なのに、私はあなたのことも愛している。だからいつか、同じ人を好きになるような気がしていた」と、里美は言って水を飲もうとして噎《む》せて、私に背中を擦《さす》られました。

そして私たち双子の姉妹は、取り引きをしたのでしたね。

一年に一度だけ、私はあなたと会うことが許される。そのときに、写真を、撮る。

その写真を、私から姉に送る。

すでに五枚目になった今年の写真を見て、私は思ったのでした。私も里美を愛している。姉のためにも、美しくありたい。

私という存在は双子の姉の可能性であり、私たちは二人で光になってあなたという人を包んでいる。

白い花のようなあなたを、包んでいるのです。

Do you still Love me ?

クリスマスセールの景品にもらったレモン味のショートブレッドをかじりながら、ベッドの端に腰を下ろす。

街がどう賑《にぎ》わっていようが、毎晩十時を過ぎると、ひとり暮らしのわたしの部屋では、ベッドの上が洋服だらけの海になっていく。

ボーダーのTシャツに、七分袖のカーディガン、スキニージーンズにブーツ。ベッドの上に並べながら、どこをどうハズそうかと考えている。懐かしい派手なカナリヤ色のニット帽をさりげなくのせようとして、お菓子の屑《くず》がカーディガンの上に落ちて油染みを作った。

わたしは舌打ちともため息ともつかぬ声を漏らす。

明日、何か特別な予定があるわけではない。だったらテレビでも見ながらのんびり爪の手入れでもしていたらいいのに、毎晩こうして翌日の洋服を決めるのに、一時間以上は費やしてしまう。なかなか決まらないと苛立《いらだ》ってきて、甘いお菓子をかじり、衣類のあちらこちらに染みを作る。

それで翌朝には、お弁当を作り始める。

朝から肉や野菜をひとり分炒《いた》め、お弁当に詰める。職場の裏口に座って、こっそり食べる。同僚たちのランチは、コンビニからの買い食いではあっても、みんなでわいわい笑い合って食べているし、恋の話題にも事欠かないというのに、わたしはといえば、〈恋の惑星〉というものから、ぐるぐるぐるぐる軌道を外れ、遠ざかっているのかもしれない。

だったら、それでもいいやと考えてしまう。恋をしたことがないわけじゃないのだから、と。


わたしの恋。

実は、そんなに悪い思い出じゃない。

相手は高校のときの一年先輩で、紺の制服にベージュのマフラーが誰より似合っていた。

毎日一緒に並び、学校から帰った。

二人でよく日比谷公園へ寄った。

彼は、口癖のようにそう言っていた。

「ハラ　ヘッタ」

なので、あるときお昼に食べきれなかった塩むすびと、真っ白なゆで玉子をあげた。

「俺、これなら、毎日でも食べたい」

夕映えの広がった空を見上げるようにそう言った。わたしは中学生のときに母を亡くして、お弁当はいつも自分で作ってきたから、そんな風に言われるのがとてもうれしかった。そして、毎日のようにお弁当を作るようになった。彼のために、もう一つ。

彼が褒めてくれたのは、わたしの笑ったときの左頬の靨《えくぼ》と、カラフルな帽子や手袋の洋服のセンス、唇の柔らかさと、お弁当だった。

わたしが好きだったのは、彼の長い指と、洋服のセンス、そしてやっぱり唇の柔らかさと、上品な物の食べ方だった。

そんな二人の組み合わせは悪くなかったはずだけれど、彼は父親の仕事の都合とかで、突然、ロンドンに引っ越した。

引っ越し先から手紙やプレゼントが届いていたのは、はじめの頃だけだった。

「おはようございまぁす」

クリスマスの飾りつけになった店の控え室へと入り、わたしは、黒のエプロンをつける。カナリヤ色の帽子のハズしは、なかなかだったと鏡の中の自分を見て悦に入る。

高校に通いながらバイトのつもりではじめた花屋の仕事が気に入って、わたしは卒業後はこの店で働いている。花屋といってもパリに本店のあるちょっとした名店で、今日もC社の銀座本店から、顧客の誕生日用の二万円のボックス型アレンジが、十五も注文が入っている。

注文伝票を見ながら、わたしは、同僚たちと一緒にカウンターに横一列に並び、花の用意をする。四角い箱に、びっしりと平らに詰めていく花は、届くと意外性があって人気なのだそうだ。

花の香り、花びらのそのしっとりとした感触がわたしは好きだ。少し人の唇の感触にも似ていると、感じる。

あと二週間もしたら、今度はクリスマスの注文で、店はごった返すだろう。注文伝票の細かな指示を一つずつ確認していく。

〈白い花〉

〈淡いオレンジを中心に、緑も混ぜる〉

る。

〈白とグリーンのツートン〉

アレンジでわたしを指名してくれるお客さんも少しずつつき始めた。今日も数名ある。

その中の一枚が、目についた。英文字が並んでいたということもあるが、なぜかその一枚だけ、厚みをもってふんわりと存在している感じがした。

〈Do you still Love me? アレンジはお任せします〉

注文伝票には、そう書いてあった。

送り主の名に、覚えがあった。

忘れるはずがない、ひとりの部屋で、幾度もうわ言のように呼んだ名だった。

わたしは慌てて店の外に飛び出すが、もう人影はない。

〈夕方もう一度、本人来店〉の書き込みが続いている。全身が激しく脈打ち、わたしはかぶっていた帽子ですっぽりと顔を覆った。

カナリヤ色の帽子、彼はまだ憶えているのかな。

三年の後《のち》

約束の時間より五分ほど遅れて、Gジャン姿の男は入ってきた。片手をあげて、まるで気軽に、やあ、とでも言いたげに、彼女の横に座った。三年ぶりに会う男女とは、カウンターの内側に立っているバーテンダーにもそうは見えなかったかもしれない。

その間に彼女の方は結婚と離婚を経験した。男の方は、父親を突然に失って、家の事業を継ぐ羽目になった。

どちらも三年分歳《とし》を取った自分を相手に見せるのが気まずく、それでいて相手が運んで来た三年分の人生の重みにも耐えられず、なかなか会話は弾まない。

球体のような氷を浮かべたグラスに三杯目のバーボンが注がれた頃、男は下から見上げるように彼女に訊《たず》ねた。

「だけど、一体、なんで別れたんだよ。やっぱ、俺が忘れられなかったか?」

悪戯《いたずら》っぽく片目を瞑《つぶ》る。

「ばか」

彼女の方は昔と変らずにクールに答える。

「ただ、なんていうか、元々合わなかったのかもしれない。たとえば映画館へ行くじゃないの。だんな、ポップコーンも食べなければ、ましてや映画館でアイスクリームなんて絶対に食べないよって人だったのよ」

「そんなこと、結婚する前にわからなかったの?」

彼女はバーテンダーに、自分にもギムレットのお代わりを頼む。

「もちろん、わかっていたわよ。だけど、変れるんだろうと思っていたもの」

そう言って彼女は、オフホワイトのセーターを着た自分の胸を指さした。

「間違えないで。変れるっていうのは私のことよ。彼を変えたかったわけじゃない」

「なんだよそれ。変りたかったってわけ?」

彼女は高い足のグラスに注がれた三杯目のギムレットの液体と、ふちにのせたライムを舌先で嘗《な》める。

「だってこれまでの私は、人を好きになると必ず、相手に合わせて変ってきたんだもの。そもそも映画館でアイスクリームを食べるとおいしいっていうのだって」

「ああ、俺か」

彼女は頷《うなず》く。

「私は元々は、映画館では何も食べない派だったのよ。でももう無理。あんな楽しさを知ってしまったら、戻れない」

男は、グラスの中の氷を一回転させて眺めている。

「だから言ったろ、やっぱ俺が忘れられなかったんだよ」

女は肩を竦《すく》めて笑った。目尻に、三年の間にできた皺《しわ》が幾筋か寄った。

「あなたが、じゃなくて、アイスクリームのおいしさが忘れられなかったわ。つまり、わかったでしょ？　私はもう、ひとりでも、楽しめるようになっちゃったってことね」

男は首を横に振った。呆《あき》れているような顔をしながら、どこか嬉《うれ》しそうに笑っていた。

「アイスクリームならいつでも付き合うよ」

男の声が、女の胸の中で溶けていった。

微熱

ペイルブルーの空が広がっている。ところどころに、透かし絵のような雲が浮かんでいる。雲は、じきに迎える太陽の明るい色を、すでに映し込み始めている。その空に先端を吸い込まれていくかのように、東京タワーがそびえて見えている。照明の消えたタワーは、空高くに向かってそびえたまま、眠ろうとしている動物のようだ。

もうじき、夜が明ける。

彼女はすでにガレージに車を納めたはずなのに、また細かなラメの混じったカーディガンを羽織り、こうして外に出て、何度も同じ道を行ったり来たりしている。ガードレールに腰かけながら、きれいに整えられたネイルの指で顔にかかった髪の毛をはらった。彼女の指先は、いつも何かを語っているようにしなやかに動く。

今夜自分の愛する男は、一体どこにいたのだろうかと彼女は考えている。彼女は毎晩、こうして夜通し、彼を探している。

夜の街を、シルバーのオープンカーのハンドルを操作しながら、彼の姿を探している。

この街の夜は、イルミネーションに彩られながら果てしなく広がって見えるのに、彼女の嗅覚は、彼の居場所を探り当てる。彼の運転するよく洗車されたファットな黒い車が、見知らぬ場所にひっそりと停《と》められているのをもう幾度見つけ出したことか。住宅街のコインパーキング、六本木の雑踏の中、ホテルの地下駐車場だったこともある。

彼の車を見つけると、彼女は、自分の体に熱が籠《こも》り、心臓が激しく打ち出すのを感じる。大きな声で、男の名をフルネームで叫んでやりたくなる。一体、どこにいるの？　こんなところに車を置いて、あなたはどこにいる？　すぐに、出て来なさい。さもないと、わたしはそこいら中の部屋の一つ一つをノックして回る。その前に、早く、わたしの前に自首をしなさい。捕まえてあげるから、早く……。

言葉は、頭の中でだけ反芻《はんすう》され、決して唇を通じて出ていくことはない。

カシミヤのタンクトップと、ウォッシュアウトしたジーンズ、クリスタルのたくさん埋め込まれた、小さなハンドバッグと揃《そろ》いの重たいパンプスをはき、化粧が剝《は》げ落ちるのも気にせずに、彼女は夜の街をクルーズし続ける。そんな彼女は、もはや正気とは言えないのかもしれない。

彼と出会って、始まった。愛の狂気なのか、単なる恋の暴走なのか、どう呼ばれようが、これまでずっと冷静に生きてきた彼女が制御を失った。

彼女は考えている。夜な夜な、彼の居場所を見つけだして捕まえてやる、これは二人のゲームなのだ、と。

「あれ、帰り？　一緒に朝食でもどお？」

すぐ近くのバーのオーナーが、店じまいをしたところなのか、声をかけてくる。

彼女は生まれついての美しい骨格をしている。鎖骨や腰骨が人目を惹《ひ》く。小さな顔の中で、目や鼻の輪郭がくっきりとしており、ボリュームのある睫《まつげ》に覆われた黒目がちの目は、瞬《まばた》きするだけで情熱的に見える。

どんなにシンプルな服装をしていても、小さなビーズ刺繡《ししゅう》のついたバッグを肩の辺りで揺らしながら歩いていくと、いつもたくさんの男たちに声をかけられる。

彼女もふと、光の集まる場所へなら、立ち寄ってもいいかもしれないと感じる。

あの、つかみどころのない美しい巻き毛の男よりも、もっと魅力的な刺激が見つけられるのなら、男を捕まえる遊びなどやめて、光の集まる場所へと流れていきたいのだという気になりはじめる。

だが、彼も彼女を捕まえに来る。

あれは、彼女が友人と踊り明かそうとしていた晩だった。心の中に、うろこ雲のように湧き上がるジェラシーのもたらす重苦しさに耐え切れなかった。いきなり店の華やかなざわめきを撃ち破るように、巻き毛の男は大股《おおまた》な足取りで入ってきた。彼女の肩が鷲掴《わしづか》みにされた。

「探した」

巻き毛の男は、掠《かす》れた声で喘《あえ》ぐように、たったひと言そう言った。ネイビーのシルク地のスキッパーシャツの胸ボタンがはだけて、筋肉でうっすら覆われた胸元が汗で透けて見えた。

「夢を見た。君が海に流されていく夢だよ」

重たい目を揺らして、そうつけ加えた。

「あなたは、誰の隣でそんな夢を見たの?」

顔に浮かんだ汗を手の甲で拭いながら、彼女は訊《たず》ねた。

彼は答えなかった。

「何度も電話をしたんだ。セルラーを見てごらん、きっと俺の名前ばかりが、並んでる」

あなたをいつも探しているのはわたしの方だわ、そんな幼い言葉が、彼女の喉元を通り体内で微熱に変っていった。刺激に興じる心が一瞬にして、男の瞳の中に閉じ込められてしまったと彼女が感じたのはそのときだった。

彼女はゆっくりと、彼に捉えられていった。

これはゲームなのだった。束縛ではない。互いを逃がしては捕まえる、快楽のためのゲームなのだと、彼女は思った。

いや、もしかしたら束縛こそが、最高のゲームなのかもしれなかった。

互いに互いを束縛する息苦しさに喘ぎながら、わずかに見つけた自由の中で、純粋な快楽だけを求めていく。結局、自分を縛る相手のみがその快楽を与えてくれるのだという真実。知るほどに、体中を戦慄《せんりつ》が走る。

香りがした。ふと視線をあげると、朝焼けを背に、長い脚を交差させるように歩いてくる巻き毛の男が弾むような足取りで坂を上がってきた。

一晩中どこで彷徨《さまよ》っていたのか、赤い目をしている彼女を見ると鼻先で笑う。

「何をしているの？　まさか、また僕を探していた？」

彼女は手を伸ばす。彼はその華奢《きゃしゃ》な手をではなく、手首を捻《ひね》りあげるようにきつく握る。

「おいで、捕まえてあげるよ」

彼が先に、その台詞《せりふ》を口にする。

「あなたを、捕まえに来たのはわたしなの」

男は笑いながら、首を横に振る。白のスキッパーポロに、ラフな白いパンツをはいている。大きな白い靴をはいている。まるでリゾート地にでも行くような格好なのに、それが夜の街で似合ってしまうのが彼なのだ。

「こんな時間にも、あなただけが美しいのが口惜《くや》しいわ」

「よくご覧。僕の目の下にできたこの隈《くま》を。君にも同じように……。ばかげてるだろう。出会った頃、僕らは確かに美しいカップルだった。それが今では、二人ともまるで老人みたいに疲れて見えないか?」

男は、彼女の肩に長い腕を回した。抱き寄せたというよりも、添え木にして歩き始めたようだった。男の体が放つかすかな体臭混じりの香りと、女のまとう香りが混ざり合い、二人に、これから始まる獣のような愛の時間を、予感させた。

この一瞬のためだけに、彼女は生きているように思えた。ただ、彼のすべてを全身で欲するそのためだけに生きている。

彼の唇が、彼女の唇を捕える。

世界にたった一つの香り

あれは幻だったのだろうか。

私は、ヴェニスの街で、雨の降る日にヴィンスを拾った。

普段は人見知りで、ごく平凡な外見であり、恋愛経験も乏しい私が旅先で男を拾った。ヴィンスとは、本当に、そうとしか表現のできない出会いだった。

私は十日間の予定で一人旅をしていた。三十五歳という、独身でいるには瀬戸際の年齢になっても恋の相手はなく、仕事への特別な情熱にも欠ける私は、始終自分自身を持て余していた。夏や冬の休みに有給をめいっぱいくっつけて、一人旅に出た。それが唯一の私のリフレッシュ方法だった。

ヴェニスでは、これといった予定があるわけではなかった。

その日も、ホテルの近くでヴェネチアングラスでも探してみようと散歩していただけだった。

出かける時分にはまだ細かな霧のような雨で、私は傘も持たずに歩いていた。午後になり、急に雨は大粒になり雨足も速く降り始め、私は、ハンドバッグを頭にのせて、路地を通り抜けようと足を踏み入れたのだ。

石畳の路地には、ゴミ箱が並べてあった。こんなシーン、映画の『ティファニーで朝食を』で観《み》たな、と思った。主人公はゴミ箱のところで猫を拾うんだった、と。

そして、私が拾ったのは、猫ではなくブロンドの巻き毛の男だった。彼は、ゴミ箱の間に蹲《うずくま》って座っていた。呻《うめ》いてもいた。真っ白なブラウスが雨に濡《ぬ》れて、肌を透かせてみせていた。

そんなにきれいな男でなければ、私はもちろんただ横を通り抜けていたと思う。旅先で誰かに親切にできるほど、会話も巧みではないし、相手が酔っぱらいなのか、犯罪者なのかわからない。私はただの意気地なしの旅人で、声をかけたところで何ができるわけでもない。

「誰か、呼びましょうか?」

なのに私は、わざわざ足を止めて声をかけていた。

頭にバッグをのせたままそっと近寄ると、彼からは花のような甘い香りが立ち、鼻孔の奥深くを満たされた。雨にうたれてなお香るくちなしの花のようだった。私が育った田舎町の庭に、たくさん植えられてあったあの親しみやすい白い花だ。

「君は誰?」

蹲っていた男が、顔をあげて苦しそうに声を出した。

「私は、そこのホテルに泊まっている、ツーリスト」

こちらを訝《いぶか》しそうに見ているのは、やけに目蓋《まぶた》の重そうな、どこか亀《かめ》のような顔をした男だった。

「大丈夫、ただちょっと立ち眩《くら》みがしただけなんだ」

男はそう言うと、壁に手をかけてゆっくり立ち上がった。

まるで当然のように、腰を折り、私のバッグの下に顔を寄り添わせ入ってきた。

「悪いね」

そう言った。

ホテルの玄関まで着くと、まるで恋人同士のように、

「じゃあね、俺はヴィンス」と片目を瞑《つぶ》り、去っていった。それが、出会いだった。

彼はきっとまたやって来る。なぜそんな予感に包まれたのかはわからないが、相手がわざわざ別れ際に名乗ったこと。いや、それくらい怪しい男だったからだろうか。

旅はあと五日残っていたが、そう思うと街に出かける気にもなれなかった。シャワーを浴びている間に電話の音を聞き逃しやしないかと心配になった。小さな出窓に立って石畳の街を見下ろした。

あのとき傘代わりになったバッグを胸に抱えると、彼が残していったのだろう香りがした。

ホテルへ向かって並んで歩いていたとき、彼は一度また苦しそうに呻き、私の肩に手をかけたのだ。私が着ていた麻のワンピースにもまだそのときの香りが残っている。なんという香水なのか、嗅いだこともない香りだ。くちなしを連想したのは、雨の中であったからで、それは明らかに香水の香りであり、しかも強烈な量の香水を男が纏《まと》っていたのは明らかだった。

出かけるときには、わざわざホテルのフロントに、もし誰か訪ねて来る人があったら、カフェにいるからと自ら伝言を残した。この街に、友人や恋人でもいるかのように。

座っていたカフェのテーブルの前を、横切った彼を見つけたのは、私だった。赤毛の女の子と、腕を組んで歩いていた。

女の子だと思ったが、よううく見ると中年らしく、花柄のドレスからはみ出た二の腕にも、腰の周りにもたっぷりと肉がつき揺れている。頬の肉を押しつけるように、彼の腕にしがみつき、顔を寄せて歩いていた。

ジゴロだったのだ、と私は今更、気付いたことになる。

だとしたら、自分の平凡な人生のうちではじめて目の当たりにするジゴロだった。本や映画では目にしてきたが、金品をもらって女たちの相手をするジゴロと、雨の中、ひとときとはいえ並んで歩いたことが、信じられないような気持ちだった。口惜《くや》しいような気もしていた。

男の雨に濡れた白いシャツから甘い香りが立ったとき、私は思わずあの昔、よく親しんだくちなしの花を思い出したというのに、ジゴロだったなんて。

私は、カフェでお金を払うと、街を歩き始めた。運河沿いの道は夕暮れになると、肩を組んで歩くカップルで一杯になる。彼らはこれからゆっくり食事をし、愛を語らいながらお酒に酔い、同じ悦楽の海を泳ぐのだろうか。

私は飢えているのを知った。

誰でもいいから、今自分に話しかけて欲しい。今何時？　と声をかけられるだけでもいいし、指を差して笑われるのだっていい。誰かにコミットされたい。コミットされることに飢えているのだから。

そう思うと同時に、笑えてくる。

一人旅が好きなくせに、どの旅先でも一度はこの心境に陥る。たぶん、たったの半日くらい、そんな時間がある。

私は、その土地に馴染《なじ》むための洗礼なのだと感じている。

バーで一杯だけコアントローを飲むと、私はホテルまで戻ると決めた。今日はろくなものを食べていないが、ルームサービスでもとって、のんびりバスタブに体を沈めてよく眠ろう。たいていは翌朝になると、気持ちが切り変っている。体の中から出ていった憂鬱の隙間分に、旅を楽しむ前向きな気持ちが膨らんでいるはずなのだ。三十五歳の女には、そのくらいの切り変えはできなくてはいけない。

ホテルの真鍮《しんちゅう》をあしらった回転扉を押すと、ふと戸惑いを覚えた。

この香り。ロビーに残ったこの香りは、まさか？　と目を凝らす。

わざとそのままフロントの前を通り過ぎようとすると、声をかけられた。

「メッセージを承っております」

「そう」

私は逸《はや》る気持ちを抑えて、フロントマンに向かって手を伸ばした。

このホテルに泊まっていることを知っているのは、ひとりしかいないのである。世界にたったひとり、彼しかいない。

〈I'll come back tomorrow morning! Vince〉

メモには斜めに傾いた字でそう書いてあった。メモからも、強烈にあの香りが立った。

私は、上擦《うわず》った気持ちを飲み込むように深呼吸をし、鳥籠《とりかご》のようなエレベーターで自分のフロアまで上がったのである。


ヴィンスがやって来るのだと思うと、私はもう孤独ではなく、ベッドの白い枕カバーに沈み込むようによく眠れた。

不安が訪れたのは、むしろ翌朝のことだった。彼は本当にやって来るのだろうか。だけれど、来るとしたら一体どうしたらいいのだろう。私はなけなしのお金を払って彼にこの飢えを、一番安易な方法で慰めてもらうのだろうか。

まさか。私がジゴロを買うだなんて、そんな成熟しきった女性のような真似《まね》をするはずがない。できるはずもない。

シャワーを浴びるとやけに喉が渇いて、ミネラルウォーターを飲み続けた。全身にクリームを塗り、本を読むふりをしたり、ライティングデスクで友人に手紙を書くふりもしてみたが、一時たりとも落ち着かなかった。

正午が過ぎ、午後の三時を過ぎてもヴィンスはやっては来なかった。

このままでは、頭がおかしくなってしまうような気がした。

私は、空のトランクを開くと、荷物を詰め始めた。

それがいい。ホテルを変ってもいい。街を移ってもいい。誰にも何も期待したくないから一人旅をしているというのに、延々と誰かを待つなんてごめんだった。

ドアでノックの音が響いた。

微《かす》かな音だった。

「どなた?」

私は手を止めて振り返る。すでに全身に汗が浮いている。薄地のワンピースの腋《わき》にも汗がしみ出している。ボブの髪の毛が額にはりついているのがわかる。私はバスルームへ向かうと、備えつけてあった小さなパフュームを体に吹きつけ、ドアを開けた。

そんな風に鏡の前で慌てて自分を取り繕ってからドアを開ける女も、何かの映画で観たばかりのような気がする。『風と共に去りぬ』だ。酒を飲んだのを隠そうと、香水でうがいをするのである。

「ハーイ」

ヴィンスは、手に小さな赤い花束を持っていた。黒のシャツに黒のパンツをはいていた。

せっかく取り繕ってみたのに、彼の強烈な香りは、自分がふりかけたパフュームをも消し去ってしまう。

私が花を手に呆気《あっけ》に取られていると、ヴィンスは自然に部屋の中に入り、カーテンが揺れる開け放った出窓に立った。

「いい眺めだね。せっかくのヴェニスなのに、ずっと部屋にいるなんて、もったいないよ。あれ？　出発するの？　君はまだチェックアウトしないはずだけど」

なぜそんなことまで知っているのだろう。きっとホテルマンが伝えたのだ。このホテルでも有名なジゴロなのかもしれない。

私は、まるでホテルマンたちにまで自分を見透かされているようで、赤面する。

私は彼を見た。一度目が合うと、逸《そ》らすことができず、焦げてしまうようだった。

たった一度の出会いで恋をするはずなどないのに。しかも相手がジゴロだというのに。

「なんなの？」

私は指を差す。小声で訊《たず》ねる。

「あなたは、ジゴロなんでしょう？」

ヴィンスは、眉間《みけん》に皺《しわ》を寄せると思いきり吹き出した。

「なんだって？　俺が、ジゴロ？　なぜ。おいでよ、ここへ座ってごらん」

彼は、私の中の〈飢えた女〉が望んでいた通りの言葉をはき、仕種《しぐさ》をする。

椅子に座ると長い両腕をだらりと垂らし、目の前のベッドに私を腰かけさせて、瞳を覗《のぞ》く。そして、白い歯を見せて笑う。シャツの開いた胸元から香りが立つ。〈飢えた女〉が好む、すべてがそこにある。

「私は、あなたを買わないわ。私はそんなにリッチじゃない。三十五歳にもなっている。この部屋や、身なりを見たらわかるでしょう？」

ヴィンスは腕を伸ばし、私を抱きしめた。そのうっすら筋肉のついた胸の中に私は顔を埋めた。湿った皮膚と、細かくウエーブのついた金色の胸毛が鼻先をくすぐった。

ヴィンスは、私の首筋から髪の毛を掌《てのひら》で包んだ。

「じっとして」

そう言った。そしてつけ加えた。「君が、僕を拾ったのに、追い出すの？」

彼がどの程度のジゴロだったのかは私には最後までわからない。私は幸せのあまり、与えられるすべてのものを、彼に残してきた。ヴィンスがとくに欲しがったのは、私が、彼にしてみれば遠慮がちに使っていたクリームやパフューム、香るものすべてだった。

シャワーを浴びるとヴィンスは、それらを手当たりしだい体につけた。そうして彼の香りができるのを私は知った。

後に残ったのは、その世界に一つしかない香りだけだった。私の肌にもきっと、少しばかりは溶けて馴染《なじ》んだのである。

風になびく青い風船

ブランはパリで生まれた。

雨の日の教会の階段に、ずぶ濡《ぬ》れになって蹲《うずくま》っていた真っ白な毛の子犬だった。

あれから一年、たったの一年しか経《た》っていないのに、今、佐枝子の運転する助手席に蹲っているブランは、艶《つや》やかで軽くウエーブのついた毛の、鼻先が黒く濡れた美しい成犬になっている。

「もうじきロワール渓谷に着くよ」

佐枝子は日本語で話しかける。そんなとき、ブランの耳が片方だけ佐枝子の方へ向きを変える。

三十五歳になったとき、佐枝子はそれまで勤めていた日本橋の銀行を辞めて、ありったけの貯金を持って、パリに渡った。

それまでもらっていた給料は高が知れていたが、佐枝子はこれといった贅沢《ぜいたく》をするたちではなかった。せめてもの楽しみと言えば、日曜日の朝に近くのカフェまで歩いていって、ブランケットを膝にかけて、クロック・ムッシュとカフェ・オレを頼み、ゆっくりと本を読むくらいだった。

その頃から憧れていたのは、カフェのテーブルで堂々と煙草《タバコ》を吸い、足下には犬がじゃれついている。女は素顔のままで、柔らかなウエーブのついた髪を時折かきあげる。そんな風情だった。

だったらやればいいじゃないか、と言われるかもしれないが、佐枝子は煙草を吸えば噎《む》せてしまうし、髪の毛も、毎日の手入れが楽なようにショートカットだった。犬なんてとても飼えない安マンション暮らしで、すべての夢はパリへと向かっていたのである。

いつか、お金をためて、パリで夢のような暮らしがしたいと思ってきた。

夢といっても、そこに夢見た贅沢もささやかだった。毎日、自由に人の流れの中に埋もれていたい。ありのまま飾らずに。それが佐枝子の夢だった。

はじめてパリへ渡ったのは、春だった。

春だというのに、ずいぶん肌寒く感じられた。

アパート探しは難航した。外国人には貸さないと言い張る家主が多かった。出国前からあてにしていた日本の代理店にも手数料は払っていたはずなのに、適当にあしらわれ、焦る気持ちばかりが先走り、小さなホテルの無機質な部屋での日々が過ぎていった。

持参した五百万円など、この調子じゃあすぐになくなってしまうだろうと不安になっていた頃、ブランに出会った。

犬など飼ったら余計にアパルトマンが見つからない、咄嗟《とっさ》にそう考えたが、一度胸に抱えたブランをもう一度冷たい石段に置くのは不可能だった。まだ小さな犬だから、胸に抱えて隠しておけるだろうか、そんなおめでたいことを考えて、通りすがりの不動産屋へ入って行くと、すぐに、外国人にも貸してくれるというアパルトマンが見つかった。

「パピィ、パピィ」と、皆、子犬を抱きたがった。

ブランと住み始めたアパルトマンは、パリの銀杏並木《いちようなみき》のある公園を見下ろす場所にあり、西日が入ること以外は、部屋の広さといい値段といい申し分なく、ブランを飼う同意もすぐに得られた。それどころか、犬好きな管理人が、毎日、庭の花を佐枝子の部屋に切り取って届けてくれた。風邪《かぜ》をひいたようだと掠《かす》れ声《ごえ》を出すと、林檎《りんご》やシチューが届く。

そんな親切を、はじめて住むパリでしてもらえるとは思ってもみなかった。

ブランが縁で仕事もできた。

よく出かけるカフェの店主がやはり犬好きで、ブランを抱きかかえると、佐枝子に、「この頃は、日本人の観光客も多いから、日本人用のメニューと店の紹介を書いてくれないだろうか」と、言ってきた。

佐枝子が、自信なげに頷《うなず》くと、

「もしできるようなら、頼みたい店主がたくさんいるんだよ」

店主はそうも続けた。

佐枝子は毎日、店主に紹介される店を訪ねては歓迎を受け、ワインや料理を振る舞われた。アパルトマンに戻ると、辞書を引きながら懸命に日本語のメニューを作り、パソコンで打った。

誰にでもできるような簡単な仕事だったが、店主たちは皆喜んで次々に新しい店を紹介してくれた。

佐枝子はそうやって毎日新しい店で店主たちと笑いながら夕食を共にし、ワインを飲むような日々が自分に訪れたこと自体に驚いていた。

佐枝子の日々は、急に日の光を浴びて輝き出す湖面のように思えていたのだ。

夕暮れになると、石畳の道をリードにつないだブランと一緒に歩いていく。街のどこからともなく、教会の鐘が聴こえる。空が夕映えに染まる。

そんなとき、特別に素敵だと思う。

こんなに素敵でいいのか、とも。自分の人生に、こんなに、特別に素敵だなんてことは一度たりとも望まずにやってきたはずだったから、と。

勘はあたるものだった。

突然貧血で倒れ、病院へ行くと、思いもしなかった病名が宣告された。父を亡くしたと同じ病である、白血病だった。

進行が早く治療は難しいだろう、とも。

佐枝子のパリでの時間はわずか一年あまりのうちに終止符を打たざるを得なくなったのだ。実家である新潟の母の近くで闘病することを電話で決めた。

アパルトマンの大家に事情を話すと、彼女は出会ってまだ一年しか経っていない日本人を抱きしめて、涙を流してくれた。

馴染《なじ》みのカフェの店主も同じだった。

涙も、ハグも何か盛大な儀式のようで湿っぽさの欠片《かけら》もなかった。

抱きしめられると束《つか》の間《ま》不安を忘れる。温かい気持ちになる。フランス人は人を喜ばせるのが好きだ。抱きしめて、愛や友情を囁《ささや》いてくれる。佐枝子はやはり、一生分の愛をもらったような気持ちになる。自分も誰かに、その愛を返せたらよかったのに、その前にパリでの時間に終わりが来てしまった。

いや、ブランだけはまだそこにいた。

何も知らずに黒い鼻先を濡らして、小首を傾《かし》げて佐枝子が涙をこぼす理由を考えているようだった。

「ブランも連れて帰るからね」

そう決めていたはずだった。荷造りが大方済み、アパルトマンの鍵《かぎ》を手に寝具をはずしたベッドの上に座るまでは。

西日があたった。

いつもはその時間になるともう外に出て散歩をしていたが、ずいぶん強い西日が目をさすように窓から入り込んできた。

教会の鐘が部屋の中にいても響いてきた。

西日が強くあたっていても、素敵な部屋だと佐枝子は思った。素敵な部屋で、素敵な街だ。

だったらブラン、お前はここにいたらどうなの？

急に、部屋の鍵を持つと、ブランをつないだリードを手に外に出た。いつもカフェへ向かう道の途中にある中古自動車のショップのドアを乱暴に開けた。無造作に色々なものを押し込んだトートバッグの中から、財布を取り出し、クレジットカードを並べて、買える車を訊《き》いた。

背広を着た店員が、佐枝子を案内して、ガレージに並んでいる後ろ一列の車を手で示してみせてくれた。その中から、佐枝子はクリーム色の丸い小さな車を選んだ。色々な手続きは後で必ずするから、今すぐ運転させて欲しいと頼んだ。素敵な街の販売員は、佐枝子の真剣な目を覗《のぞ》き込み、瞳を揺らしながら「ウイ、マドモアゼル」と、ドアを開けてくれた。

佐枝子は今、助手席にブランを乗せて、見知らぬ土地へと向かっている。

ブランと最後のドライブがしたかった。

自分の望みをブランがすべて叶《かな》えてくれた。

すでに夜の闇の中に、街が沈み始めている。対向車線からは、黄色いライトがネックレスのように連なって見える。

街がしだいに遠ざかって、いよいよ灯《あか》りの乏しい郊外の道へと沈んでいく。開け放った窓からは、じきに森の気配と水の匂いが届き始める。

佐枝子は、車の運転をしたことは数えるほどしかない。免許を取って、実家のある新潟で兄の車をこわごわ運転したくらいだ。

でも今、はじめての道で、佐枝子は運転している。夜光塗料で白く書かれた標識に導かれるがままに進んでいる。

やがてロワールの川べりに着く。深い森を懐に、古城を幾つも抱えたロワール地方も、いつか旅してみたい場所だった。

今は何も見えないが、森と水の気配を感じる。本当ならきっと怖いはずの闇が、安らかな静寂にも感じられる。

車を停《と》めて、目を瞑《つぶ》る。

ブランには、ジャンパーのポケットに忍ばせてあったビスケットを食べさせてやる。そのまま眠りにつく。

ブランが吠《ほ》えて、夜が明けたと知った。

窓の外を見て、ブランは尾を振った。

ドアを開けてやると、ブランは川べりの緑の道を一目散に走り始めた。そのつど尾が見事に揺れた。

佐枝子は、ブランのそんな様子を見ていた。

いつまで眺めていても飽くことがないような気がした。

素敵な街の水辺には、色々な物売りがやって来た。

佐枝子は、温かいカフェ・オレを買った。クレープはブランと半分ずつ食べた。

そして、風船もやって来た。

色とりどりのキャンディを売りに来た男の押す屋台には、風になびく七色の風船がついていた。

「風船を一つ売って。シルブプレ」

佐枝子がそう頼むと、男はやはり彼女の目を覗き込んで、黙って分けてくれた。

風船の色は鮮やかなブルーだった。

「メルシー」

佐枝子は、風船を車のボンネットのネジにくくりつける。

風船には、バッグに入れてあったペンで、フランス語でこう書いた。

〈どなたか、この街の親切な方、この犬をもらって下さい。車も一緒に差し上げます〉

フランス語でのその文章の書き方は、知っていた。

カフェのメニューにあった文章だった。〈デザートに焼き林檎を召し上がって下さ

い。この街の美しいご婦人には、アイスクリームを一緒におつけします〉

ばかな思いつきだと佐枝子は可笑《おか》しくなった。

けれど誰かがこの街でクリーム色の車にブランを乗せて走ってくれるのならば、やはり素敵だと佐枝子は思った。素敵であればそれでいい。そこに自分がいなくても、それでいい。

何も知らないブランは、風になびく青い風船に短く、まるでじゃれつくように吠える。

特別に素敵だと、佐枝子は思った。

偶然に、乾杯

静かなバーだった。グランドピアノの向こう、大きく切り取った窓からは、ふっくらとした白い花がライトアップされ、見事に咲き誇って見える。確か、キタコブシの花だ。

北海道では、長い冬が終わると、春を待ちわびていたように街中に花々が咲き乱れる。沿道には福寿草やクロッカスのような小さな花々、庭や街路樹では、コブシやレンギョウのような鮮やかに人目を惹《ひ》く花々が、それに川べりに揺れるネコヤナギの花穂も春の陽射《ひざ》しに銀色に光る。

「バーボンソーダを、あともう一杯だけ」

彼女は、札幌で暮らした三年の年月を思い出しながら、カウンターの中でグラスを磨くひげのマスターにそう告げた。

店のドアが開き、黒いコートを着た男が入ってきた。軽そうな生地のコートの下に、コットンの白いタートルネックという、いかにも旅慣れた装いは覚えている。彼とはやってくる飛行機の中でも、隣り合わせだった。

「そんな、まさか」

彼は彼女の視線を見つけると、微笑《ほほえ》んだ。

「こう偶然が続くなんて。ん？」

隣の席を、目で確認してくる。

「どうぞ。ただ私の方は、もうこの一杯で、お終《しま》いにするつもりなんですけど」

彼女は腕時計を確認しながら言う。

「ご心配なく、引き留めはしませんよ。じゃあ、今日の度重なる偶然に、せめて乾杯を」

彼は、表面が凍りついたグラスに注がれたビールを少し高く掲げ、喉を鳴らして飲んだ。

「うまいなあ。札幌で飲むビールが格別に美味《おい》しいのは、空気が乾いているからなのかな」

彼女はそのひと言にも、この街に住んでいた時期の様々な思いがよぎったが、いつものように胸にしまい込む。

「ビールが美味しいってのは、お仕事がうまくいったっていう証しですね」

柔らかい髪を耳にかけながら、そう質問を向けてみる。朝一便の飛行機の中で隣り合わせて、互いに「仕事」で札幌へ向かうと話したはずだ。午後になって、彼女が中島公園を歩き、白壁の洋館、豊平館の前に立ち尽くしていると、カメラのシャッター音が聞こえた。大勢のスタッフに囲まれそんな場所へ車を入れて、写真を撮っていたのが彼だった。撮影隊の人数が多いわりに密《ひそ》やかに仕事を進めていた。一流の人なのだなと彼女は思った。互いに目が合うと、軽く会釈をしてその場を離れた。そして、これが三度目の遭遇だった。

「あなたのお仕事の方は?」

今度は彼が質問を向けてくる。

「お仕事というか、私は……」

彼女が、少し言葉につまる。

「いや、ご無理はせずに。根掘り葉掘り聞くつもりはありませんよ。それより、札幌の街には、お詳しいのかな?」

彼女はその問いかけにも言葉がつまり、肩にかけていた萌黄色《もえぎいろ》のカーディガンを指で胸元に手繰り寄せた。いつでも、物事に対して明確な答えがない。つまり、いつも明確に生きていないのだという気がしている。

この街で過ごした年月も同じだった。

若い結婚だった。夫は北国でレストランを開きたいという夢に燃えていた。彼女は、その夢を支える自信もなく、ついてきた。

様々な出会いや運が重なって夫の方は一年で小さな店を持った。今では三店舗ものシチューレストランのオーナーとなっているそうだ。だが彼女の方は、最後は逃げるようにこの街を離れてしまった。寒くて長い冬についに馴染《なじ》めなかった。少し待てば、雪解けと同時にこんなに素晴らしい春が訪れたはずだったのに。

「娘がいるのよ。別れた夫がこの街でずっと育ててくれていて、もう七歳になるわ。小学生よ。一年に一度、春のこの時期に会わせてくれるんです。夫は優しい人なの」

「その、僕はただ、この店をどうして知ったのかなってね？　僕はホテルで紹介されて来たものだから、もしかしたらホテルまで同じなのかなと思ったんですよ」

「いやだ私ったら、自分のことをべらべらと」

顔が赤らむのを感じ、彼女は片手を頬に当てた。そんな風に娘について見ず知らずの人に話したのははじめてだった。彼女は東京に戻り、死にもの狂いで司法書士の資格を取った。寂しさがバネにはなったが、どんな仕事に就こうとも、夫や娘に許してもらえるとは思っていない。

「お勘定をお願いします」

バッグを手に立ち上がった。カードを手渡し、用意されたトレンチコートを羽織った。

「あなたの質問にも答えますね。私もこの店はホテルの人に教えてもらった。だからもう一度くらい、偶然があるかもしれません」

「ほんとだね。なんかその言い方はいいね」

男は軽くそう言うと、バーボンをロックで頼んだ。男の方も、長居をするつもりはなさそうだった。また明日も早いのかもしれない。

「それじゃあ」

立ち去ろうとする彼女に男の声が響いた。

「僕はこの街の空が好きでね。ずいぶんあちこち旅したけれど、こんなに青くて澄んだ高い空を見たことはない。きれいな街で育つお嬢さんを見守っていくのは、素敵ですね」

彼女は、コートのウエストをベルトで結ぶと、頭を下げた。バーの扉が外へ向かって開けられ、花々の匂いが鼻孔深くに流れ込んだ。

星座の中の旅人

この藁葺《わらぶ》き屋根の離れのある温泉宿を予約したのは、高門実和子の方だった。浴衣の肩に、ショールをかけて縁側に座っている。

堀田祐治は、まだ湯から上がってきてはいないらしい。それとも、ひとりで宿の周囲でも散歩しているのだろうか。彼もまた部屋で二人きりになるのが気詰まりなのかもしれない。

二人でいても、どこか気詰まりだった。

久しぶりに休みが取れると聞いたときにも、実和子はすぐには喜べなかった。共に仕事が忙しかったとはいえ、結婚もせずに五年も付き合った二人だ。先に進まないのなら、行き止まりは見えている。

「今度の休み、どこか行こうか。それとも……いや、どうする?」

祐治はいつも曖昧なのだった。かといって実和子には、もう出会った頃のように自分が必死になって休みの予定を立てる気力はない。

ただ、前から気になっている宿があった。

人里離れた庵風《いおりふう》の静かな宿で、近くに清流がある。初夏のこの時期には、運がよければ蛍が群舞すると聞いていた。

出会って間もない頃に、祐治をそう誘ってみたこともあったはずだ。勤務医である彼は、先の予定を入れるのを嫌がった。休みを取ったところで、祐治は、とにかく疲れて眠ってばかりいる。どこかへ行くにしろ、電車の中で、実和子の運転する車の助手席で眠っている。自分の横で安らいだ顔をして眠ってくれるのが愛《いと》おしいと思っていた時期は、もう過ぎようとしている。

「いい湯だった。男湯に、もうひとり、年輩の方がいらしてね。少し話を聞いていたんだよ」

「そう。女湯の方では、誰にも会わなかったわ」

実和子の声が、生彩を欠く。

「人をあまり取らない宿みたいだね」

やはりこの宿のことなど、彼の記憶の片隅にもなかったらしい。春のうちに来ると決まっていたのに、相変らず調べてみることもなかったのだろう。

車輪の動き始めた車をさらに前に進めたい、そう感じるのは女なのかもしれない。男は、車輪をひとたび動かすことにだけ夢中になる。

前へ進む。やはり自分は、何か形が欲しいのだろうか？　そうかもしれないが、すでに離婚経験のある自分の欲とは、形ではない。

たとえば昔からこの宿に来てみたかった。

草いきれに囲まれた庵の、畳の上の清潔な布団の中で眠る安らぎを思うときめきが好きだ。夜空に舞う蛍の輝きに思いを馳《は》せている時間が好きだ。ただ、三十代になって気付いたのは、どんな喜びにも共有できる相手がないと寂しいということだった。

夕食を終えると、実和子は縁側に向かって立った。もうじき八時、蛍が飛ぶと言われている時間だ。一緒に出かけても、祐治は蛍になどさして興味がないかもしれない。運良く蛍が来たとしても、彼は実和子の長年の思いなど微塵《みじん》も汲《く》み取らず、彼女を苛《いら》立《だ》たせるだろう。どうせなら、ひとりで行こうか？

「あなた、また温泉にでも入られるなら」

「なあ実和子、ちょっと散歩に出かけないか」

意外にも、そう切り出したのは祐治だった。

宿の人に借りてあった懐中電灯を見せた。

小道を進み、草むらをかき分けるように進んでいくのをリードしたのも彼だった。やがて水辺の湿り気が肌に伝わってきた。

祐治は実和子の手を握ると、懐中電灯の灯《あか》りを消した。しっと唇に手を当てられた。彼が草の先を撫《な》でるように触れた。一斉に金色の光が立ちのぼる。宙に飛び上がった蛍が、光の線を描いて舞った。まるで、星座の中の旅人だ。草地は小宇宙のようだった。

「知っていたの？」

実和子の問いに、彼は答える。

「気付いたのはついさっきだ。浴場にいた人に教えられてね。実和子が前々から言っていた宿だったことを思い出した」

「きれいね」彼女の声が、深くくぐもった。

祐治はそっと、彼女の手を開かせた。一匹の小さな蛍の尻から流れた光の線が、彼と彼女を一つに結んだ。

白く贅沢《ぜいたく》な夜

ホテルの部屋の窓から、妻は外を眺めていた。札幌の夜の街は、白い道が縦横には
り巡らされ、街灯の灯《あか》りがところどころでぽっと雪道を照らしている。
肩にかすかな重さが加わった。
夫が妻の肩にコートをかけて、いつものように静かな声で言う。
「少し、外でも歩いてみよう」
妻は頷《うなず》きながら、改めてその声の静けさを頭の中で反復している。
せっかく久しぶりの旅なのに。しかも結婚して二十年目の祝いなのである。こんな
に洗練されたスイートルームを予約したというのに、夫の方は相変らずいつもと同じ
ように静かだ。
はしゃぐ様子もなければ、妻が慣れないインターネットで調べて予約したことを褒
めてくれるわけでもない。

「待って、地図を持っていかなくちゃ」

妻がそう言って、荷物の中からガイドブックを取り出そうとすると、夫は苦笑した。

「札幌へは、何度も来ている。街のメインストリートのことくらい知っているよ」


いつしか雪が本格的に降り始めたようだ。

ホテルのエントランスから外に出ると、群青色の空から、雪がつぎつぎと花びらのように、連なって降りてくるのを、妻は見上げた。温まっていた頬の上でも雪が、解けていく。

「大通りを回ってみよう」

夫は、少し先を歩く。ポケットの中に両手を入れて、俯《うつむ》きがちに歩くのも出会ってから今にいたるまで変らない。

決して亭主関白というわけではないのだが、まるで並んで歩くのは気恥ずかしいとばかりに先を歩く。歩きながら楽しげに二人で会話をするという習慣もない。

妻の方は、もう慣れたと思っている。もしも子供でも授かっていたら、そんなことも一々気にしている暇はなかったのだろうが、夫婦は子供に恵まれなかった。だから余計に、時には夫のこの静けさが辛《つら》いのである。

雪はあっという間に落ちてくる速度を増して、景色を一変させた。道路にも真新しい雪が降り積もり、夫の足が雪を踏み締める音がきゅっ、きゅっと響いた。夫の紺色のコート姿が作る影法師も、すでに見えなくなった。

人影はあるのだが、誰もが夫と同じように少し俯きがちに足早に歩いていた。

「静かね」

ベージュのロングコートに白の帽子をかぶった妻は、敢《あ》えてそう呟《つぶや》いてみた。落ちてくる雪の音が聞こえそうなほどに感じられた。そんな静けさもあるのねと、本当は夫と心を分かち合ってみたかったのだ。

夫は返事をする代わりに、ふと立ち止まり、腕時計を眺めた。忙しい人だから、休暇とはいえ、会社から携帯電話でも鳴るのかもしれない。妻はそう思い、自分も足を止めると、素手で道路の雪をそっとすくい手の中でおむすびでも握るように丸めてみた。

手の中でも、柔らかな雪が固まり、きゅっという音が鳴った。

くすっと笑った、そのときだった。

どこからか、大きな鐘の音が響き出した。からんからん、からん、からん。高く重層的に響き合うその音は、とても澄んでいて、雪の中をくぐり抜けるように街に響き渡っていくように聞こえた。

　夫は、道路の向こう側の三角屋根の建物が、照明を受けてそびえているのを指す。

「間に合ってよかった。時計台だよ、この街の時計台は、今も毎日毎日こうやって鐘を鳴らして時を知らせるんだそうだ」

　妻は雪景色の中になお鮮やかに顔を覗《のぞ》かせる、その赤い屋根と時計を認める。樹木も綿雪をつけている。

「時計台って、そうか、鐘が鳴るのね。確かそんな唄を聴いたことがあった」

「時計台の、鐘が鳴る、っていうあの唄を作った音楽家も、この街に泊まっていた。演奏会が終わって夜に街を歩いていると、鐘の音が響き出したんだそうだよ。それで唄を作った。その昔、この鐘の音は、街のずいぶん遠いところまで届いていたんだそうだよ」

　妻は夫の睫《まつげ》の上にも雪が降り積もるのを見た。白い睫のおじいさんのようだ。

「あなたがそんなにたくさん話してくれるの、久しぶりに聞いたな」

「いつだって話しているさ。だけど聞いていないじゃないか……いや、いいんだ」

　夫は照れたようにそう言うと、妻の手を握り、自分のコートのポケットに入れた。

　鐘の音がやむと、白く染まった街はまた静まった。夫も話すのをやめて、歩き続けている。

妻には、夫のその静けさが、白い街の静けさと同じように贅沢《ぜいたく》で優しいと、今は束《つか》の間《ま》、感じられている。

激しい水音

紀伊田辺《きいたなべ》駅でレンタカーを借り、走り始めた頃には、すでにとっぷりと日が暮れていた。龍神《りゅうじん》温泉へは、ここから約一時間の道のりだ。二人の会話はさきほどから息苦しいほどに続かない。

ハンドルを握る徳田僚一は、助手席にいる妻、加奈子の方を時折盗み見るが、喜んでいるのか、退屈なのかもわからない無表情は相変らずだ。

「窓を開けても、いいですか?」

加奈子が、ドアについたボタンに指をかけながらそう聞いてくる。

「いいけれど、蚊や羽虫が入ってくるよ」

車が進んでいく先には、深い森が広がっているのを感じる。

この連休、突然、旅へと誘ったのは僚一の方だった。だったら熊野へ行きたい、と言ったのは加奈子だった。理由は聞かなかったが、若い頃から小説を読んで、一度は訪ねたいと思っていた場所だったと、いつもは物静かな加奈子が一気に語った。

「構わないわ」

加奈子は、助手席の窓を開けて、顔を出す。

肩まである柔らかい髪の毛が風に煽《あお》られている。だが、しだいに身を乗り出すように顔を突き出している。

「おい、そんなに犬のように顔を出していると、危ないよ。樹《き》の枝に引っ掛かりでもしたらどうする」

僚一は左手を伸ばし加奈子の背中に触れる。

指先が弾力を覚える。カーディガンの内側に、たっぷりと貯《たくわ》えられたぜい肉を感じる。若い頃には華奢《きゃしゃ》だった加奈子の体は、自分が触れもせずに放っておいた間に、こんなにも肉をつけたと僚一は啞然《あぜん》とする。

「森の匂いがするわ。噎《む》せるような匂い。それに、どこからともなく響いてくるこのごーっという水音、あなた、聞こえませんか?」

僚一は、車のライトをハイビームにした。

それくらい闇が深く、道幅も狭く入り組んだ山道だった。

「とにかく、急ぐよ。旅館との約束の時間より、ずいぶん遅くなってしまった」

宿を取ったのは、僚一だった。

会社のインターネットで旅館の予約をした。はじめてのことだったが、案外簡単な手はずで済んでしまうのに驚かされた。

だが、そうして予約をしたものだから、旅館の人とはまだ話したこともない。レンタカーの手続きが、思いのほか、手間取った。気がつくと到着予定時間を遥《はる》かに過ぎてしまっている。

「旅館の方へ、連絡してくれるかな」

加奈子は、しぶしぶという具合に窓を閉めた。僚一から手渡された旅館のパンフレットを開き、ハンドバッグから老眼鏡を出すと、親指で携帯電話の大きめなボタンを押した。

「もしもし、徳田でございます。はい、はい、相すみません」

暗い夜道を走る車中で、携帯電話を手に頭をぺこりぺこりと下げている。

結婚して三十年近くの間に、こんな光景を幾度も見たような気がしている。

加奈子は、携帯電話をぱたりと折る。

「あのね、お夕飯は、部屋の方へ運んでおきますって。ただ、お部屋を、露天風呂のついた個室にアップグレードしておきますからって。何時でもお風呂に入れるんです

って よ」

自分だったら、料理を多少温めることくらいなんとか頼み込んだと思うが、加奈子は言われたことをそのまま受け止める。

主婦というのが皆そのようなのか、それとも加奈子の性分なのかわからないが、時折見ていて苛立《いらだ》つことがある。

妻のやることなすこと、苛立ったり、煩わしく感じ始めたのは、息子たちが学齢期に入り本格的な教育を必要とし始めた頃だった。関心が自分よりも息子たちへと変り、息子の先生たちの言うことをそのまま鵜呑《うの》みにする妻が、自分とは別の場所へ進もうとしているのを感じた。僚一は、仕事で多忙を極めながらも、時折適当な女と寝る癖がついた。妻をまるで抱かなくなった。

なんとか宿に到着すると、やはり九時を過ぎていた。

駐車場を見つけるのがやっとというほど、道には灯《あか》りが乏しく、辺りに響くごーっという水音が怖いほどだった。

夫婦は、半纏《はんてん》を着た番頭さんの提げる提灯《ちょうちん》の灯りに導かれ、廊下を伝い、さらに離れへと進んで行く。

部屋を開けると、薄暗がりの部屋に行灯《あんどん》が灯《とも》される。中央にはすでに布団が二つ並べて敷かれてある。その横にテーブルがあり、無造作に新聞がかけられてある。

「お料理は、こちらです。小鍋は火をつけて、温めて召し上がって下さい。ご飯は、勝手におむすびにさせていただきました」

番頭の話が止まると、またあの水音が、さらに全身を包むように迫ってくる。

「そちらの階段を下りると、露天へとつながります」

加奈子は指されるままに階段を覗《のぞ》く。

「わあ、すごい」

小さな声をあげた妻に、僚一は苦笑する。

いくら遅い到着だからといって、アップグレードなど頼んでもいないことをされて、通された部屋をそう無邪気には喜べない。こんな離れは物騒だし、二人きりで、何をしていいのか途方に暮れる。

だが加奈子は、すでにそそくさとテーブルに向かって料理の準備を始めたようだ。

「普通の照明がよければ、スイッチはこちらです。最近は、こんな行灯を喜ばれる方も多いものですから」

番頭がそう言うと、加奈子はすかさず返事をした。

「ほんと、楽しいわ」

食事の間も加奈子はずっと上機嫌だった。

鴨肉《かもにく》の小鍋を上手に温めると、梅肉をまぜ込んだたれとからめて、手際よく僚一の器によそった。

温かい汁を飲む。温かい肉から梅の香りが立ち、運転で疲れた体に染み渡った。

「お前も食べなさい」

「私だって食べていますよ」

食事をし、それぞれ階段を降りていき、露天の風呂に入った。石で組まれた風呂の湯は、そのまま清流へと流れていく。川の流れがすぐそこに感じられる。ここの灯りも行灯である。

湯上がりに、二人で軽くビールを飲んだ。

すべての互いの動きが、行灯の薄明かりの中に影を作った。

「私はもう、休みますね」

いつの間にか、テーブルの上をきれいに片付けてある加奈子は言う。

わずかに離して並べてある二つの布団の片方に、加奈子は入り、僚一の方に背を向ける。

その背中がぴくりとも動かず、僚一は思わず話しかける。

「この間、高梨さんの奥さんの葬式があってね。お前を、大事にしなきゃいけないって思ったんだ」

短い間があり、加奈子は呆《あき》れたように小さなため息をつく。

「単純なのね。でもいいわ。もう私はそんなことで、がっかりなんかしないのよ」

行灯の灯りを消すと、障子窓には外の樹木の葉影が映り込んだ。

清流の水音が一層激しく聞こえた。露天風呂と、川の流れを挟むと、その向こうは樹木の鬱蒼《うつそう》とした山であったことを僚一は思い出した。

「なんだか、少し怖いくらいね」

背中を向けたまま加奈子は言う。

「こっちへ来るか」

加奈子がなんと答えるかわからなかった。だがやがてその、浴衣に包まれた、柔らかな肉をつけた体が僚一の方へと渡ってきた。

その激しい水音は、まるで加奈子の体の奥底から響いているように僚一には感じられた。

青いアーチを越えて、コルトレーンを聴く

夏が終わろうとしていた。

結婚して、七回目を数える夏が。

季節の名残りを惜しむように、進んでいく車を、蟬時雨《せみしぐれ》が包んでいた。

「亜矢ちゃんが、あんな優しい顔になるなんて思ってもみなかったな」と、涼子は夫が運転する車の助手席で、膝の上に両手を組む。形のよい爪には、淡いクリーム色のマニキュアがのせられている。ベージュのパンツに包まれた脚は、二人が出会った頃と同じようにきれいに揃《そろ》えて斜めに流されている。

「浩介が煙草《タバコ》をやめるなんてさ。大学のときはコーチにどれだけ怒鳴られても、あいつはやめなかったんだ」

薄いグレーのストライプのシャツを着た夫の宏司の横顔は、今も日に焼けて精悍《せいかん》である。

大学ではラグビー部に在籍していた。

当時のチームメイトで親友の浩介が昨年結婚した。結婚式の写真のついた葉書が届いたと思ったら、もう子供が生まれたというのだった。

今日はその祝いにと、大田区にある彼らの自宅を訪ねたのだ。

「宏司さん、もしかして寂しい?」と、涼子は訊《き》いてみる。

夫が、そんなことはないよ、と答えるだろうことは察している。だが、きっと今、彼の心の中の空は澄み渡っていないであろうことも、涼子は知っていた。

知っていたというよりは感じていたというべきだった。会話の最後のふとした表情に、季節の名残りのような余韻が残る。その表情が、今は何か澄み渡ってはいないのである。

結婚して七年、互いに三十代も半ばにさしかかったのだから、夫婦の時間の色が変っていっても当たり前だった。

わかってはいるが、涼子には宏司が時折見せる表情が、二人の間を流れる越えられない川のように思えることがあった。

「寂しくなんかないさ」と、やはり夫は苦笑した。

「ただ」

「ただ、何?」

「うん、ああやって家族になっていくんだなって思ったけどね」

夫は珍しく、そうつけ加えた。

自分たちだってそろそろ子供のことを真剣に考えるべきときに来てはいた。

夫は子供好きなのである。今日も、母親の名前から一字を取って「亜希」と名付けられた赤ん坊をこわごわ抱いて、目尻を下げていた。

仕事を理由に先延ばしにしていたのは、涼子の方だった。それでも、何かそうなるべきならば、自分たちはごく自然に子供を授かるのではないかと考えていたようなところもあった。

だが、子供だけが理由にも思えないのだ。

二人でいても何か寂しい、涼子がそう感じるようになったのは、一体いつからだったろう。

学生の頃からの仲間たちの中では、涼子たちの結婚が一番といっていいほど早かった。

宏司は商社に、涼子は航空会社に就職した。夏は南の島へ、冬はヨーロッパのスキーリゾートへと休暇に出かけた。

友人たちからは、絵に描《か》いたように都会的なカップルだと言われた。事実、都心にある二人の住まいには、モノトーンの家具が整然と置かれ、生活感は欠片《かけら》もない。毎朝、涼子の作る野菜とフルーツのミックスジュースを二人一緒に慌ただしく飲み、それぞれの職場へと出かけて行く。夜はどちらも帰宅が遅いので、一緒に食事をするのは週末くらいである。生活感がないというよりは、生活をしていないといえるのかもしれない。

それでも互いに干渉し合わずにやってこられたのは、やはり出会った頃に乗り越えた幾つかの出来事が、涼子の胸に絆《きずな》として刻まれていたからではなかったか。

予期せぬ出来事もあった。

涼子が兄に、大学院の卒業祝いにと勤務する航空会社のエアチケットでニューカレドニア旅行をプレゼントした。兄を成田まで送ってくれたのは宏司だった。

胸騒ぎなど、まるでなかった。

涼子の将来は、雲一つない空の向こうまでどこまでも広がっているように思えていた。

ニューカレドニアで、日本人を乗せたセスナ機が墜落したというニュースを聞いたのは、兄が出発して五日後だ。あと五日もしたら、また宏司と連れ立って成田まで迎えに行くはずが、兄の笑顔を見ることは二度となくなった。

宏司は、両親と涼子が亡骸《なきがら》を引き取りにニューカレドニアまで行くときにも、付き添ってくれた。飛行機の中では何も言わずに、ずっと手を握っていてくれた。十三時間のフライトの間、うたた寝しながらも、その手を離さなかった。

涼子は今も、その大きな手の温《ぬく》もりや力強さを忘れない。いたずらに宏司の個人的な付き合いに干渉する習慣を持たずに済んだのも、一つ一つ積み重ねていった二人の信頼ゆえだ。

「亜矢ちゃんは、思えば、まだ二十二なんだもの。若いお母さんよね」と、涼子は呟《つぶや》く。

浩介が昨年仲間内の集まりに突然連れて来たのは、亜矢という、彼よりも十四歳も年下の女だった。まだ短大を卒業したばかりの、少々グラマラスな体型が人目を惹《ひ》く女だった。

「大丈夫かしら、あんな子で」と、帰り際口にした自分の声が、おばさんじみていて、どこか気恥ずかしかったのを涼子は覚えている。

「なんで？　浩介、幸せそうだったよ」

そう言った夫は、やはり男なんだなとも思ったものだ。

結婚したばかりの亜矢にはさっさと子供ができたのに、自分たちにはまだ子供がいないのは確かに残念である。

だが、やはりそれだけとは思えない。それとも、この夏の終わりという季節が、独特の寂しさを募らせるのだろうか？

涼子はコンバーチブルの屋根を開け放った車の助手席から空を見上げた。

子供の頃から仲の良かった兄が生きていたら、今の涼子になんと言っただろう。こんな理由のない寂しさを口にしたなら、贅沢《ぜいたく》だと叱られただろうか。

宏司に言ってしまいたいような気がしているのに、口にしてしまうのが怖くもある。

「今日、どうしようか、これから？」

そう、問いかけてみた。まだ夕暮れには間があった。

他に何か予定のあるわけでもない、週末の午後だった。

「映画でも観《み》ていく？」

宏司はすぐに、そう答えてくれる。

「そうね、何か観たいのあったかしら」

「じゃあ、何がいいんだよ。この頃の涼子は難しいよ。何を言っても、そうやって受け流すからね」

「ごめんなさい」

「謝らなくたっていいさ。だけど、だったら涼子の方が何をしたいのか言ってごらんよ」

幾度かこのやり取りが続くと、きっと宏司は機嫌を損ね始めるはずだった。夫の言う通り、最近はせっかくの週末を持て余し気味なのである。

何か、閉じている。

何をしていても、若い日のようにどこまでも空が広がっているようには感じられなかった。その先には重たい雲が垂れ込めているような、閉じている、そんな感覚に満ちていた。

中原街道を目黒方面に向かって通り抜けようとすると、左手に洗足池《せんぞくいけ》が見えた。

「白鳥のボートにでも、乗るかい？　俺、今だってぎゅんぎゅん漕《こ》げるような気がするよ」

「ぎゅんぎゅん？」

宏司は笑いながら、涼子の手に自分の手をかける。妻がどこか塞《ふさ》いでいるのを、夫は彼なりに気遣っているのだろう。

「そんな気分じゃないの。ただ」

「ただ、なんなの?」

「ねえ、あなた、Uターンしていい?」

「忘れ物でもした?」

涼子は首を横に振る。思わぬ力で振っていたらしく、飾りピンで夜会巻きにまとめていた髪がほどけて、柔らかなウエーブをつけてはらりと肩に落ちた。

「違うの。橋を渡ってみたくなったの。あの青い橋、ちょっとよかった」

「橋?」

「浩介さんの家の窓から見えていたあの青い大きな橋。その向こうまで、行ってみたくなったの」

「なあ涼子。俺、そんな風に髪の毛まとめていない方がずっと好きだよ」

宏司は、休日の空《す》いた道路をミラーでも確認すると、一気にハンドルを切った。

薄青いアーチのかかる橋は、丸子橋《まるこばし》だった。橋の向こうは神奈川になる。二人を乗せた車は多摩川を渡った。

思えば、涼子はこれまでにも何度も通っているはずなのに、橋をこんなに青く感じたのははじめてだった。

「なあ、オープンカーっていいだろう？　街の色がよく見えるんだよ」

涼子がその橋について口にすると、夫は言った。

すっかり表情が和らいでいた。さきほどまでの今にも不機嫌に曇っていきそうな表情とは、まるで違って見えている。

「どこへ行きたい？　いや、適当に走ってみようか」

「目的もなくドライブするなんて、久しぶりね」

「本当だな。学生のときのデートみたいだな」

「あの頃は、目的がなかったわけじゃなくて、あなたがよく道を間違えていたのよ」

夫は静岡の生まれである。海のそばにあるネーブルオレンジの畑を、彼のおばあちゃんが営んでいた。

二人で一緒に冬のオレンジ摘みを手伝ったり、夏の下草刈りのアルバイトに涼子だけが出かけたり。おばあちゃんの口から聞く子供時代の宏司の話は、いつも涼子を優しい気持ちにさせてくれた。

だがそのおばあちゃんも昨年には他界した。

順繰りに命が繰り返している、と涼子は思う。

「ふーん、緑が多いんだね」

車が等々力《とどろき》緑地というエリアに差し掛かると、宏司はアクセルをゆっくりと離していった。

「少し降りて、散歩してみよう」

駐車場に車を停《と》めると、涼子は頷《うなず》いて、シートベルトを外す。

緑地といっても、案内図によると、陸上競技場、フィッシングコーナー、スポーツ広場、サッカー場、テニスコートにプールまであるのだから、ちょっとした町のように広いのだろう。

そして、いたるところが緑で彩色されていて、全体がこんもりした森で覆われているようだった。

「こんな場所、知らなかったのが不思議なくらいね」と涼子が言うのに返事もせずに、宏司はもう一方の手で方向を確認すると、中へとどんどん進み出した。

蟬時雨がさらに迫ってくるようだった。

宏司は、涼子の手を離そうともしない。

彼の靴が砂利を踏む音が確かに響き続けていた。

涼子も必死に歩調を合わせた。そうするのが妙に心地よかった。

やがて、陸上トラックがある広場にたどりついた。清掃の人たちが幾人かいて、ゲートは開いていた。

周囲は鬱蒼《うっそう》とした森だ。ちょうどぽっかりと空のトラックが目の前に広がっていた。

宏司は涼子の手を離す。トラックに進み出ると、両手を空に向かって上げる。

「気持ちいいなー」

涼子は笑ってその姿を見ている。

夫はやがて、ゆっくりとトラックのライン上を走り始めた。

ラグビーをしていた頑強な体だが、今ではほとんど鍛えてもいない。やがてすぐに肩が上下してきたが、夫は自分の重たくなった体を確認するように走り続け、涼子の位置からは小さくなる。

「どお？　倒れたりしないで下さいねー」

声をかけると、夫は頭の上で手をひらひらと振っている。やめてくれよ、と言うつもりなのか、もうだめだと言うふりなのかわからないが、笑っているのだけは確かである。

やがて時間をかけてゆっくり涼子の元まで戻ってくると、宏司は急いでシャツのボタンを外し、それを脱いでしまった。

体に汗を光らせて、涼子に抱きつく。

「ほら、汗びっしょりだろう」

「やめてよ、もう」

どちらからともなく発せられた高い笑い声が、空の中へと吸い込まれていく。

そこから少し進んで行くと、軟式と硬式の二つの野球場がある。階段状になった観客用のベンチは、コンクリートがただ薄青くペイントされたものだ。水を抜いたプールの底のような色でもあり、さきほどのアーチの色ともよく似ていると、涼子は思う。

二人で並んで座った。

涼子が自動販売機で買って来た水を手渡すと、宏司は一気にそれを飲み干し、両手を後ろについて、空を見上げていた。

「いいところだな」と、宏司は言った。「なんか今、久しぶりに涼子が笑ってくれたって、俺感じたよ」

涼子は返事ができない。

やはり同じように寂しかったのだ、と思う。理由もなく、ただ二人の前に続く道が閉じて行こうとしていた。それが、宏司にも寂しかったのだ。

「俺は思うんだけど、俺が好きな場所はみんな、そこで涼子が楽しそうに見えていた場所なんだ。男なんてそんなもんさ。どこだっていいんだよ、本当は」

涼子はうまく返事ができず、二人はまたしんみりしてしまう。だが今、二人の間に流れる空気の中には、寂しさの色は漂ってはいなかった。むしろ、だからこそ二人で今、何を探しに行こうかと共に進み出そうとしているかのようだ。

「もう少し歩きたいな。大丈夫？　裸のままで」

「おう、任しといて」と、宏司はシャツを背中に引っかけて歩き出す。


夫からメールが入ったのは、久しぶりだった。

紺色の制服を着た涼子がオフィスでデスクワークをしていると、メールを受信した音が響いた。


〈こんにちは。

僕から君へメールをするのは久しぶりです。

週末は楽しかったね。

君の作った料理も皆うまかった。あんな風に過ぎてゆく週末を、これからもたくさん過ごしたい。過ごさねばならないのではないだろうかと僕は思いました。

君はどう思ったろう？　宏司〉

涼子もすぐに返信をした。

〈私の方は、久しぶりにあなたを感じました。
あなたが無邪気に走り始めたのが嬉しかった。
あなたが裸になって、少し汗の匂いをさせて歩いていたのも、山ほど食べて子供のように眠ってしまったのも、みんな嬉しかった。　りょうこ〉

帰宅すると、部屋の中は暗いままなのに、ベランダの扉が開いている。一足早く戻っていたらしい宏司が、ワイシャツの袖をめくり、スラックスの裾《すそ》をロールアップさせて、マンションの小さなベランダで中腰になっている。

夜のベランダだが、よく目を凝らしてみると、鉢植えが並んでいる。

「一体なんなの?」

驚いて涼子が身を乗り出すと、宏司が照れくさそうに振り返った。

「トマトだろう。キュウリだろ。ナスビだろう。さて、育ちますかね」

「家庭菜園ですか?　あなたが」

「そう、僕たちの、ね」

背広姿の宏司が、一体どこで買ったものか、そうした鉢植えを選んでいる姿を想像すると、涼子の中には柔らかな可笑《おか》しみが湧いてきた。それはやはり愛《いと》おしさを伴うものであり、だが何かまだちぐはぐにも思えるものであった。

二人が住むマンションのベランダは、駒沢通りという交通量の多い道に面している。今も道路からは賑《にぎ》やかな車やオートバイの走り過ぎる音や、若い人たちが立てる笑い声が、イルミネーションの光を散らしながら響いていた。

涼子は急に、まるで胸騒ぎに襲われるようにCDをかけた。ジョン・コルトレーンの音が、これまではいかにもしっくりと沈み込むように馴染《なじ》んでいたはずのこの部屋に、今はなぜか似合っていなかった。ベランダの扉を開け放って、そこで宏司が鉢植えに手をかけている、というただそれだけでちぐはぐに見えていた。

「な、早ければ三ヶ月もしたらさ」と言って宏司が振り返ったとき、首を横に振ってしまった。

「違うの」

「何が？」

「どこか違うの。こんな風に、騒音だらけのベランダで、鉢植えするなんてことじゃないの。お願い、早くその扉を閉めて。コルトレーンが聴こえない」

「どうしてだよ」と宏司は手にしていた小さなスコップを放り投げた。

「せっかくさ、君も喜ぶんじゃないかと思ったのに」

涼子が俯《うつむ》いていると、夫は洗面所で手を洗い、そのまま出かけてしまった。

どこへ行くとも言わずに出て行き、重たいドアが閉ざされた。

戻ったのは深夜だった。少し飲んできたようだった。

待っている間に涼子は鉢植えの植物をまっすぐに直してやり、水と肥料をやった。

湿った土に触れているうちに、確かに気持ちは少しだけ安らいだ。太陽の光を浴びて、いつか実をつけたら嬉しいだろうとも思った。

だがやはり、これではないのだという気持ちはなくなりはしなかった。


翌朝、夫はいつもと何も変らなかった。昨夜のことを口にすることもない代わりに、特別朗らかでもなく、涼子の作るジュースは、今日はちょっと二日酔い気味で入りそうにないと断り出て行った。

その翌日も同じだった。

いつものように帰宅は遅かったが、さほど酔っている様子もなく、いかにも忙しそうに見えただけだ。

週末が近付き、落ち着かなかったのは涼子の方だった。

家にいて、宏司が何かを切り出してくるのが怖かった。もしも誰か友人からの誘いの電話でもあったらすぐにでも飛び出したかったのに、そんな日に限って部屋の中は静かだった。

ゆっくりと起き出した宏司はシャワーを浴びると、いつものようにグレーのバスローブを羽織り、ベランダへ向かった。

トマトの苗木を手にして見ている。

「朝食はどうします?」と、涼子はこわごわ声をかけてみた。

「いつものジュースにします?」

「うん」と、答えたきり、宏司はじっとベランダに座ったままでいた。

あらかじめ一週間分ブロックにしてある野菜と果物を冷蔵庫から取り出し、ジューサーにかけていると、がしゃんという音が響いた。

いよいよ胸騒ぎがして涼子がベランダにかけて行くと、

「いけない。落としてしまった」と、宏司が足下に散らばった土やテラコッタの破片の中に身動きできずに立っていた。

「待って、動かないで」

涼子が箒《ほうき》とちり取りを持ってベランダに出る。立ちすくむ宏司の周囲を掃いて、彼の足からサンダルを抜いた。ベランダの片隅に置いた洗面器に湯を張り大きな足を洗ってやると、それを買ったばかりの青い麻のバスタオルでくるんであげた。青いブーツをはいたような足になった。

宏司は、そんな様子をただじっと見ていた。

見下ろしていながら、情けない顔をしていた。

「涼子、やっぱり言うよ」

もう何を言われても構わないような気がしていた。そうやってくるんであげた脛毛《すねげ》に覆われた足が、ただ涼子には今なお愛おしかった。

「君はきっとうんとは言ってくれないと思う。ただそうしたら、僕はもう、どうしていいかわからない」

涼子は、バスタオルを外し、宏司の足を自由にしてやった。

宏司が何かを決意したのなら、仕方がないのかもしれない。愛しているからこそ、何があっても受け止めねばならないと目を瞑《つぶ》って声を待った。

「引っ越さないか?」と、宏司は言い、一気に続けた。

「君とは、いろいろな経験をしたい。いろいろな場所に住んで、風景や街の匂いを楽しみたい」

何も答えない涼子に落胆したように、声は小さくなった。

「たとえばこの間の青いアーチの向こう側で、トマトやナスやキュウリをたくさん育てて、君と暮らしてみたいんだ」

涼子は手にしていた青いタオルで顔を覆い、答えた。

「コルトレーンは、よく聴こえるかしら?」

文庫版あとがき

本書は、二〇〇八年に、収録された短編小説の中の一篇の表題を取り、『冷たい水と、砂の記憶』として出版された。

文庫化にあたり、そのままでとも考えたのだが、少しずつ手を入れていくうちに、別のシンプルな言葉に行き当たった。

表題作に選び直した新しい短編は、単行本のときには『よく冷えたもの』という少し澄ましたタイトルだった。この表題にも思い入れはあったのだが、中野にひとり暮らしをしている小説の主人公は、部屋まで戻ってくるなり、玄関に三センチヒールの靴を脱ぎすてる。すぐにバスルームへと向かい、上がってくると冷蔵庫に冷やしてある化粧水をつけ、そのとき一日分のため息が、あーあ、と出る。

毎日同じ繰り返しをしていたはずが、その夜ばかりは、やけに人恋しい。そう感じた主人公が携帯電話を手にして汗ばんでいき、耳と唇だけで自分の体ができているような錯覚に襲われる。そんな一コマを書いた短編に、文庫版の顔になってもらおうと決めた。

全編を編むときに、主なテーマとして選んだのは、心と体の密接な結びつきだった。心が変われば体もどこか形を変えていき、体が変わると心も移ろっていく。心の記憶と体の記憶も、それぞれ別々に一人の人間の中に眠っている。思わぬところで、絡まり合っていく。

この短編集では、主人公たちの心や体の奥底から記憶が溢《あふ》れ出し、彼女たちを混乱させたり困らせたりする。

南の島で出合った人の匂い、深夜の電話から飛び込んでくる男の声、ずるい男たちの言い訳、友人からの裏切り、いろいろな記憶はあるけれど、いつまでも一つの場所に止《とど》まってなどいずに前へ進んでいこうとするのが、女たちの強さのはずだ。

時にはワインに溺れてみたり、他の男に慰めをもらったり、または自ら決意して体をしぼっていくうちに、気づくと心にまとわりついていた淀みまでそぎ落とされている。

人を好きになった分、かつてなかった経験を経て、いつしか強くなっている。

主人公たちは様々な経験を経て、また一歩前へと歩き出す。少しだけ傷ついたり、きれいになったり、逞《たくま》しくなったりして、時々の歩みも変わっていく。

三センチのヒールは、よく歩くための靴だ。それでも、男の人が履くような靴とは違って、どこか女らしくあろうともがいているかに見える靴だと私は感じる。

表題作の主人公が、靴を脱いでから得る「よく冷えたもの」の充足ではなく、また翌日もその靴で歩き出す一歩先への思いを込めて、文庫版では改題に及んだ。

まるで蛇足なのだが、二〇一〇年の夏の終わりに、私は下田の海岸で友人たちとビーチサッカーをしている最中に、右足の小指を骨折した。しばらくの間は、どこへもビーチサンダルでしか出かけられなかった。身長が一五八センチしかないので、それまではどこへ行くにも、ハイヒールを履いてその分大きいふりをしていた。

骨折が完治するのに一年もの時間がかかり、以後の私は、よく歩くための靴を選ぶようになった。たとえばそれが、三センチのヒールのブーツやサンダルだった。たかが小指でも、思うように歩けないと気持ちがふさいだ。ようやく骨がつき、街を早足で歩けるようになると、風を浴びてホーと叫び出したい気分になった。

本書の主人公たちと同じように、私も、ずっと前を向いて歩み続けたいと思っている。

これからも、どうぞ側にいて下さい。

文庫版を担当してくれたのは、集英社の山本智恵子さん、年に二度もフルマラソンを走るランナーである。

本書を最後まで読んでくださった皆さん、ありがとうございます。

二〇一一年冬　品川の自宅にて

谷村志穂

この作品は二〇〇八年九月、河出書房新社より『冷たい水と、砂の記憶』として刊行されたものを改題・改稿しました。
文庫化に際し、収録作品の一部を左記の通り改題しました。

「よく冷えたもの」→「3センチヒールの靴」
「春宵の旅人」→「偶然に、乾杯」
「蛍結び」→「星座の中の旅人」
「水音」→「激しい水音」

初出一覧

冷たい水と、砂の記憶／ロッテ　健康機能食品事業部（現ロッテ健康産業）HP　二〇〇五年五月
夏の終わり／同　二〇〇五年六月
よく冷えたもの／同　二〇〇五年七月
赤と白のワインの空き瓶／同　二〇〇五年八月
冬休みを前に／同　二〇〇五年九月
欅通りのカフェ・テラス／同　二〇〇五年十月
雨宿の白い花／同　二〇〇五年十一月
Do you still Love me？／「ELLE girl」二〇〇七年冬号
三年の後／「est,」二〇〇七年春号
微熱／「カルティエ」〝LOVE〟キャンペーン　二〇〇六年七月
世界にたった一つの香り／「旅」二〇〇六年八・九月合併号
風になびく青い風船／『私らしくあの場所へ』二〇〇六年三月　講談社
春宵の旅人／「EMINA」二〇〇七年春号　株式会社グランビスタ　ホテル&リゾート
蛍結び／「おとなのいい旅　東日本版」二〇〇七年六・七月号
白く贅沢な夜／「EMINA」二〇〇六年冬号　株式会社グランビスタ　ホテル&リゾート
水音／「西の旅」二〇〇七年冬号
青いアーチを越えて、コルトレーンを聴く／ナイス、相鉄不動産、ニッパツサービス「ガーデンティアラ武蔵小杉」広告　二〇〇五年十〜十二月

本文デザイン＊成見紀子
本文イラスト＊おおやまゆりこ

谷村志穂の本

シュークリアの海

南の島でフリーター生活を送るアサコの日課は、深く青い海の底に潜ること。より深くより遠く、空っぽな心と体を満たすみたいに。漂う日々を生きるアサコの新たな旅立ち。

ごちそう山《さん》

谷村志穂と飛田和緒のゴールデンコンビが山登り&アウトドアクッキングに挑む！　丹沢、八ヶ岳、冬の利尻富士。笑いと涙の山紀行＋レシピ＋マップで大充実。（飛田和緒・共著）

集英社文庫

谷村志穂の本

ベリーショート

片想い、いじめ、悩み、友達、多感な10代の思いを小さなドラマに描くショート・ショート集。懐かしくて切ない、あの頃の自分を抱きしめてあげたい、そんな大切なオリジナル短編集。

妖精愛

許されない恋をしてしまった奈緒子の心は少しずつ現実から遊離してゆく……。表題作ほか、満たされない心を抱え、刹那の性愛を求めてあがく女たちの姿を描く恋愛短編集。

集英社文庫

谷村志穂の本

カンバセーション！

オーストラリアで、東京で、南の島で、男と女の恋の会話が今日も交わされている。英語の洒落た言い回しをモチーフに、人と人をつなぐ会話を主役に描かれるショート・ストーリー集。

白の月

夫の看病中、別れた男からの電話に揺れる人妻。妊娠できないかと思っていた妻が妊娠するが、出産をめぐって夫とすれ違い……。結婚、妊娠、出産、変容する時間の中で惑う女心を描く。

集英社文庫

谷村志穂の本

恋のいろ

誰にも言えない上司への想い。年下の男の子への切ない恋心。体を重ねても繋がらないこころ。青、グレー、緑など、様々な色をテーマに切ない恋を描いたショート・ラブストーリー集。

愛のいろ

夫に見捨てられ、ひとりで見つめる夕空。事故死した婚約者が、その直前に送ってきたメール。決して叶わぬ恋の相手に贈るプレゼント。様々な色をテーマに、切ない恋愛を描く掌編集。

集英社文庫

3センチヒールの靴《くつ》

2011年11月25日　第1刷　　定価はカバーに表示してあります。

著　者　谷村志穂《たにむらしほ》
発行者　加藤　潤
発行所　株式会社　集英社
東京都千代田区一ツ橋2-5-10　〒101-8050
電話　03-3230-6095（編集）
03-3230-6393（販売）
03-3230-6080（読者係）
印　刷　中央精版印刷株式会社　株式会社美松堂
製　本　中央精版印刷株式会社

フォーマットデザイン　アリヤマデザインストア　　マークデザイン　居山浩二

ISBN978-4-08-746769-7 C0193